最美文

陈晓辉　一路开花 / 选编

低眉尘世　看见花开

图书在版编目（CIP）数据

低眉尘世　看见花开 / 陈晓辉，一路开花选编 .
—北京：中央编译出版社，2017.1
　ISBN 978-7-5117-3161-6

Ⅰ . ①低… Ⅱ . ①陈… ②一… Ⅲ . ①随笔 – 作品集
– 中国 – 当代 Ⅳ . ① I267.1

中国版本图书馆 CIP 数据核字（2016）第 260080 号

低眉尘世　看见花开

出 版 人	葛海彦
出版统筹	贾宇琰
责任编辑	邓永标　舒　心
责任印制	尹　珺
出版发行	中央编译出版社
地　　址	北京市西城区车公庄大街乙 5 号鸿儒大厦 B 座（100044）
电　　话	（010）52612345（总编室）　（010）52612371（编辑室）
	（010）52612316（发行部）　（010）52612317（网络销售）
	（010）52612346（馆配部）　（010）55626985（读者服务部）
传　　真	（010）66515838
经　　销	全国新华书店
印　　刷	北京紫瑞利印刷有限公司
开　　本	710 毫米 × 1000 毫米　1/16
字　　数	206 千字
印　　张	14
版　　次	2017 年 1 月第 1 版第 1 次印刷
定　　价	29.00 元

网　　址	www.cctphome.com　　邮　箱　cctp@cctphome.com
新浪微博	@ 中央编译出版社　　　微　信　中央编译出版社（ID：cctphome）
淘宝店铺	中央编译出版社直销店（http://shop108367160.taobao.com）（010）52612349

凡有印装质量问题，本社负责调换。电话：（010）55626985

目录 CONTENTS

第一辑　当它们的眼神抚过你的心

时间怎样地行走（文/迟子建）……002

野马情缘（文/〔美〕琳达·奥德曼　庞启帆编译）……004

不只是为了一只鹈鹕（文/〔美〕罗杰·迪恩·基瑟　庞启帆编译）……008

难逃两张网（文/程刚）……011

塔兰托毒蛛的勇气（文/小刚）……013

喝水节（文/凤凰）……015

龙卷风来了（文/〔美〕格雷·韦德曼　庞启帆编译）……019

极致的安第斯蜂鸟（文/张云广）……022

兔子的论文（文/庞启帆编译）……024

世界上最丑的小猫（文/〔美〕班妮·波特　庞启帆编译）……026

恰似丽江秋水（文/叶浅韵）……032

低眉尘世，看见花开（文/积雪草）……036

沉默的石头（文/俞传美）……039

动物小品（文/庞启帆 编译）……043

当它们的眼神抚过你的心（文/纳兰泽芸）……045

第二辑　此心安处是吾乡

土拨鼠的三重门（文/戎装云）……050
万年奇葩叉角羚（文/张云广）……052
沙漠勇士食蝗鼠（文/戎装云）……054
匍匐前进的鱼（文/云之峰）……056
树上掉下个眼镜熊（文/张甜润）……058
眼镜王蛇的王者之路（文/张振民）……060
此心安处是吾乡（文/叶浅韵）……062
启文巷记（文/春光）……065
犟松（文/林振宇）……070
会走路的植物（文/瞿幼芳）……072
蝮蛇的智慧（文/思想者）……074

第三辑　最谦卑的姿态

龟的信念（文/王万龙）……078
最谦卑的姿态（文/大彩）……080
金鸡湖（文/袁恒雷）……082
注意力（文/孙道荣）……086
从霓虹到月亮的距离（文/魏彩琼）……088
左右为难（文/唐仔）……091
稻草与大树（文/李兴海）……093
有间小屋（文/语中清荷）……096
吹彻早春不知寒（文/纳兰泽芸）……100
睡莲（文/振宇）……103

第四辑　闲来拾得满袖香

闲来拾得满袖香（文/顾晓蕊）…… 106
村庄与我（文/紫溪）…… 108
偷着玩儿（文/陌上花）…… 111
东山看雪（文/浅浅）…… 113
宣威"小鲍鱼"（文/大彩）…… 116
长角鹿的错过（文/小程）…… 119
聪明的电筒鱼（文/荒沙）…… 121
自恋的绵凫鸟（文/薄陨）…… 123
山洞里的秘密（文/魏彩琼）…… 125
三生花草梦苏州（文/范文超）…… 129

第五辑　唯有爱舍弃不掉

大王花与原上草（文/思想者）…… 134
杏花误（文/月下清荷）…… 136
蝴蝶你不要扇起龙卷风（文/纳兰泽芸）…… 139
冬湖（文/袁恒雷）…… 142
野杜鹃开在最险处（文/美丽人生）…… 144
十里桃花（文/梅雪）…… 146
感悟达子香（文/守望苍天）…… 149
老树"新生"（文/徐伟）…… 151
感性的麻雀（文/梅雪）…… 154
积淀，成就人生的高度（文/徐新）…… 157
唯有爱舍弃不掉（文/奇清）…… 159

第六辑　独立树的成长

林幽水暖（文/范文超）…… 164
黄豆鼠的成功之道（文/小程）…… 167
牧蚁的过度关照（文/薄隙）…… 169
蜜 蜂（文/心若莲花）…… 171
泥土的气质（文/林子）…… 173
黑纹猫的自控力（文/荒沙）…… 175
椋鸟的蚂蚁浴（文/程骏驰）…… 177
忘记仇恨的灵灵鸟（文/小程）…… 179
独立树的成长（文/荒沙）…… 181
丹顶鹤撒奇（文/雨街）…… 183
草原激斗（文/雨街）…… 190
花儿不介意（文/庞启帆编译）…… 193
雨本无声（文/程刚）…… 195

第七辑　低头会看到的美

雨季游巴厘岛（文/王维新）…… 198
倾听鸟鸣（文/再来苏林）…… 203
低头会看到的美（文/范文超）…… 206
桉树供水的启示（文/程骏驰）…… 209
戴龙鼠与叽喳鸟（文/薄隙）…… 211
没有私心的吊床鸟（文/程刚）…… 213
生如樱花（文/飞龙在天）…… 215

第一辑

当它们的眼神抚过你的心

　　物竞天择,万物皆在"天"的挑选规则之下。安第斯蜂鸟的成功哲学启示我们,不要轻易地抱怨命运的不公,也不要动辄就慨叹竞争的激烈,如果自己的本事还没有像安第斯蜂鸟那样优秀到不可替代的话。

时间怎样地行走

文 / 迟子建

一个人越知道时间的价值,越倍觉失时的痛苦。

——但丁

墙上的挂钟,曾是我童年最爱看的一道风景。我对它有一种说不出的崇拜,因为它常梦着时间,我们的作息似乎都受着它的支配。到了指定的时间,我们得起床上学,得做课间操,得被父母吆喝着去睡觉。虽然说有的时候我们还没睡够不想起床,在户外的月光下还没有戏耍够不想回屋睡觉,但都必须因为时间的关系而听从父母的吩咐。

他们理直气壮呵斥我们的话与挂钟息息相关:"都几点了,还不起床!"要么就是:"都几点了,还在外面疯玩,快睡觉去!"这时候,我觉得挂钟就是一个拿着烟袋敲着我们脑门的狠心的老头,又凶又倔,真想把他给掀翻在地,让它永远不行走。

在我的想象中,它就是一个看不见形影的家长,威严古板,但有时候它也是温情的。在除夕夜里,它的每一声脚步都给我们带来快乐,我们可以在子时钟声敲响后得到梦寐以求的压岁钱,想着用这钱可以买糖果来甜甜自己的嘴,真想在雪地上畅快地打几个滚。

我那时天真地以为时间是被一双神秘的大手放在挂钟里的。它每时每刻地行走着,走得不慌不忙,气定神凝,不会因为贪恋窗外鸟语花香的美景而放慢脚步,也不会因为北风肆虐大雪纷飞而加快脚步。

它的脚,是世界上最能禁得起诱惑的脚,从来都是循着固定的轨迹行走。我喜欢听它前行的声音总是一个音节,好像一首温馨的摇篮曲。时间在挂钟里,与我们一同经历着沧海桑田、风霜雨雪。

我上初中以后，手表就比较普及了。我看见时间躲在一个小小的圆盘里，在手腕上跳舞。它跳得静悄悄的，不像墙上的挂钟那么清脆悦耳，"滴答——滴答——"的声音不绝于耳。手表里的时间给我一种鬼鬼祟祟的感觉，少了几分气势和威严，以至于明明到了上课时间，我还会磨蹭一两分钟再进教室，手表里的时间也就因此显得有些落寞。

后来，生活变得丰富多彩了，时间栖身的地方就多了。项链坠里隐藏着时间，台历上镶嵌着时间，玩具里放置着时间，至于电脑和手机，只要我们一打开它们，率先映入眼帘的就是时间。时间到处闪烁着，它越来越多，也就越来越显得匆匆了。

十几年前的一天，我在北京第一次发现了时间的痕迹。我在梳头时发现一根白发，它在清晨的曙光中像一道闪电一样刺痛了我的眼睛。我知道时间其实一直在我的头发里行走，只不过第一次露出了痕迹而已。我还看见，时间在母亲的口腔里行走，她的牙齿脱落得越来越多。我明白时间让花朵绽放的时候，也会让人的眼角绽放出另类的花朵——鱼尾纹。

时间让一棵青春的小树越来越枝繁叶茂，让车轮的辐条越来越沾染上锈链，让一座老屋逐渐驼了背。时间好似变戏法的魔术师，突然让一个活生生的人瞬间消失在他们辛勤劳作过的土地上，我的祖父、外祖父和父亲，就这样让时间给无声地接走了，再也看不到他们的脚印，只能在黑冷的梦中见到他们依稀的身影。

他们不在了，可时间还在，它总是持之以恒激情澎湃地行走着——在我们看不到的角落，在我们不经意走过的地方，在日月星辰中，在梦中，引领着我们一直走向地老天荒……

（原载《少年文艺》（少年读者文摘）2014 年第 5 期）

抛弃时间的人，时间也会抛弃他，珍惜时间吧！

野马情缘

文 /〔美〕琳达·奥德曼 庞启帆编译

人间如果没有爱,太阳也会灭亡。

——雨果

弗吉尼亚的冬天真是太冷了,阿萨提格岛上空的云朵仿佛都已冰冻了。我和祖父咒骂着从车上跳下来。

"野马在哪里?"我哆嗦着问。

"会见到的,孩子。"祖父边说边把他的消防斧头递给我。祖父是辛科提格志愿消防队的队长。

"拿斧头来干什么?"我问祖父。

"在池塘的冰面上劈个洞出来,给马饮水,马得喝淡水。"祖父一边回答我,一边从卡车上拖了两个装满干草的饲料袋子下来。

我点点头,跟着祖父越过灯芯草地以及已经结冰的沼泽地。整个岛都静悄悄的,偶尔一股风吹来,夹杂着海水的味道。

"看这儿。"突然,祖父脱下手套,指着一棵老树的树皮说,"这是一棵有擦痕的树。"我抚摸那擦痕,想象着强壮的野马靠着树木搔痒的情景。

"你认为我会有足够的钱在拍卖会上买到一匹野马吗?"我问。

祖父笑了,"你有六个月的时间来攒钱。"他眨着眼睛说。我们继续往前走,经过了一大片野葡萄藤和铁线草。突然,一个喷鼻声打破了阿萨提格岛的宁静，我吓了一大跳。

"野马。"我低声道，祖父点点头。我们在冰冻的池塘面上止住脚步。"劈开冰面。"祖父对我说，我使劲地抡起了斧头，不一会儿水冒了出来。

这时，再次传来了一个喷鼻声，然后是一声马嘶，最后是几声马嘶，整个岛似乎都震动了。八匹野马疾跑而来，身姿是那么优美，我屏住呼吸，呆呆看着它们。

祖父急忙打开一袋干草，倒在池塘边的地面上。"过来吃吧，马儿。"他轻轻地呼唤道。

为了不影响野马过来吃干草，我们继续往前走。几分钟后，我们的脸和鼻子已经被冻得麻木了。经过几棵树时，我们猛然止住了脚步。"这是什么？"我注视着地面问。

"冻僵的野马。"祖父说，悲伤的表情浮上了他的脸。一匹高大的野马僵硬地卧在地上，丝一般的鬃毛垂下来盖着紧闭的眼睛。祖父慢慢弯下腰，"一匹母马。"他轻轻地说。

"它死了吗？"我颤抖着低声问。

祖父点点头，我的泪水霎时涌了上来。"可怜的马儿！"我哽咽着说，伸手去抚摸它头部火红的鬃毛。马的鼻孔突然发出一点声息，我的心急速跳动起来。

"它还活着！"我惊呼道。

"奄奄一息了。"祖父说，我看见他的手在颤抖。他打开第二袋干草，倒在地上，然后把袋子塞进他的裤兜。"把斧头留下，我们把马抬到车上去。"他说。

我赶紧把消防斧藏到了一棵树上，祖父深吸了一口气，然后弯腰抱起马的前身，我抓住后腿。就这样，我们半扛半拖着那匹奄奄一息的母野马，一路往回走。

回到我们的车旁，我觉得我的双手累得几乎要断了。祖父喘着粗气打

开车的后门,然后我们把马抬上了车。

"这家伙真够沉的。"祖父说,我点点头,然后爬上车,坐在马的旁边。在回消防站的路上,我给马盖上一张旧毯子,抚摸它的鼻子,跟它说话。

"你会好起来的。"我说,"我和爷爷会好好照顾你的。"冻僵的马只是用无神的眼睛看着我,一动不动,但我坚持在它耳边轻轻地说话。

回到消防站时,野马似乎已经认识了我。它的眼睛亮起了光芒,心跳也差不多恢复正常,几个消防员把它抬下车。

"哦,我敢打赌它快要生小马了。"当大家都围在它身边时,一个消防员说。

果真这样,初春的一天,在消防站,母野马生下了一匹小野马。这个时候,它的名字不再叫冻僵的马,而是叫"火焰",因为它头部火红的鬃毛就像火焰一样。"火焰"的孩子的头部则有一束白色的鬃毛,长长地垂下来,像一根冰柱。"我们就把小马叫作'冰柱'吧"。我说。

三个月后,初夏的阿萨提格岛的上空漂浮着一朵朵白云,我和祖父再次来到了这个地方。我们一起走到车后面,给"火焰"和"冰柱"打开后门。

"再见,'火焰'!再见,'冰柱'!"我亲吻着母子俩头部的鬃毛说。

它们看着我,眼睛里充满了依恋,然后,它们一起飞跑了起来。我的双眼霎时涌出了泪水,心刀割般地疼痛。一会儿,"火焰"和"冰柱"就消失在了我和祖父的视线之外。许久,祖父转身笑着对我说:"我们得去找我们的消防斧了。"

我深吸了一口气,问祖父:"你认为我会有足够的钱在拍卖会上买到一匹野马吗?"

祖父哈哈大笑起来,"你还有六天时间来攒钱。"他眨着眼睛说。

我们按原来的路线走到那棵树下,找到了那把已经生锈的消防斧。这是我们发现"火焰"的地点。"还记得吗?"我颤抖着问。祖父点点头,然后我们就默默站在当初"火焰"躺着的地方。

突然,一个喷鼻声打破了宁静。"野马!"我低呼道。说话间,又响起了一个喷鼻声,然后是一声马嘶声,接着是几声马嘶声,最后整个岛似乎都在震动。

十几匹野马飞奔而来,长长的鬃毛迎着风恣意飞扬。我的呼吸霎时停住了。我在它们当中看见了"冰柱"和"火焰"。它们看了我一眼,同时长嘶一声,然后和其他的野马一起隐没在树林中。

(原载《读者》(校园版)2014 年第 15 期)

人类与自然的高度和谐,是像朋友那样互帮互助。这种感人的画面,希望不要只在某种纪录片里出现。

不只是为了一只鹈鹕

文/〔美〕罗杰·迪恩·基瑟 庞启帆编译

人应尊敬他自己,并应自视能配得上最高尚的东西。

——黑格尔

船靠岸后,我和儿子朱诺结束了在萨克拉门托河上一天的钓鱼活动。

一周前,我和朱诺发现了一处安静的钓鱼地点。那里不但安静,而且水流非常适合捕捞条纹鲈鱼。

那天风起时,我们已经钓了几个小时的鱼。河面在风中开始波涛汹涌,一艘艘小船从我们身边经过,驶向码头。

一艘大渔船的主人看到我们停在高高的杂草中,放慢了速度。然后他掉转船头,驶进了我们的水域。令我意外的是,他在离我们20码的水面就抛锚了。然后我看见他向河里扔下10到15罐开了盖的狗食,很明显,他这样做是违法的。几分钟后,他就钓到了一条大鱼。

他再次上好鱼饵,站起来,甩出钓鱼线。这时,鱼饵从鱼钩上脱落,掉进了河里。一只不知从什么地方飞出来的巨大的鹈鹕突然俯冲下来,叼起了鱼饵。

大船上的男子在鱼钩上上好鱼饵,再次甩出了他的鱼线。那只鹈鹕在鱼饵沉下水之前咬住了它。男子猛地收回渔杆,鱼钩勾住了鹈鹕的嘴。

鹈鹕在男子把它拉回他的渔船时,扑打着翅膀抗争着。但一切都是徒劳，鹈鹕被慢慢拉离了水面。

"混蛋，你在干什么？"我大声质问那个男子。

他一言不发，只顾把那只惊恐的鸟儿拉回他的船。

我看着他与那只鹈鹕对峙，他腾出一只手，从身边的工具箱里拿出一把刀子。我以为他要砍断鱼线，所以我继续一言不发地看着他。突然，他抓住鹈鹕的脖子，把它的身体翻转过来。

"你要干什么？"我厉声喝道。

"这狗杂种不吃别人的鱼饵，偏吃我的，我要砍掉它这该死的鸟嘴。"

我抓起我的信号枪，把一颗子弹塞进枪管，然后指着他的船。

"把那只鹈鹕放进水里，我的意思是立刻！"

男子停下手中的动作，盯着我，但他并没有放掉鹈鹕的意思。

"你准备用那该死的东西来做什么？对付我吗？"他吼叫道。

我回头看儿子，他的眼睛睁得像一只茶碟那么大，脸上满是惊恐。

"儿子，打开无线电，呼叫海岸警卫队。"我告诉他。

但朱诺只是站在那里，一动也不动，他已经被这突如其来的情况吓呆了。

"我的意思是，如果你再动那只鹈鹕，我就立刻把这东西射进你的油箱。"我告诉那男人，然后扬了扬手中的信号枪。

我死盯着他，那个高大的男人站起来，面对着我。

"我的意思是，我会把这东西射出去。"我再次警告他。

他站在那里好几秒，然后弯下腰，又抓住了那只鹈鹕的脖子。我扳起信号枪的扳机，瞄准了他的船。

突然，男子把鹈鹕扔下他的船，盯着我看了一会，然后转身走到船头，发动了发动机，收起船锚。

我和朱诺看见他对我们竖起了中指，然后开动了他的船。

"爸爸，你会用这信号枪射那人吗？"

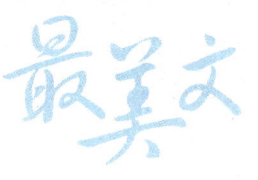

"我不知道,儿子,我真的不知道。"

那只鹈鹕绕着我们的船游了大约 30 分钟,然后飞上了船尾。当那只大鸟跳到船后座,开始吃我们用作鱼饵的凤尾鱼时,朱诺兴奋地叫了起来。

我们哈哈大笑,我打开冰袋,拿出一条小鱼引诱鹈鹕。令人惊奇的是,那只鹈鹕并不害怕我们。我把整包凤尾鱼交给朱诺,然后坐下来看他喂那只鹈鹕。15 分钟后,我站起来,那只鹈鹕飞上船舷,然后飞离了船。

看到那只鹈鹕几乎飞在离我们三英里高的上空,我几乎不敢相信自己的眼睛。当我们启动我们的船时,鹈鹕发出了几声响亮的叫声,身体翻转着,然后越飞越高。我和朱诺看着它渐渐消失在远方。

雨最终没有下,风也停了,但朱诺脸上的笑容回到家也没有消失。

(原载《意林》(注音版)2014 年第 12 期)

任何生命都是平等的,哪怕是鸟类也一样。我们应当有这样的爱心和觉悟,在这些生灵受到伤害的时候,勇敢地站出来加以阻止。如果整个社会都有了这样的意识,那该有多好。

难逃两张网

文 / 程刚

兵者,诡道也。

——孙武

南美洲热带雨林中有一种身体只有蚂蚁大小的红蜘蛛,它们成千上万只生活在一起,共同织网,合作狩猎,共同分享食物。

平时,红蜘蛛把网建在树上。开始建网时,一部分从上往下织,另一部分从下往上织,几天的功夫,一个巨大的天网便完成了。如此巨大的网,昆虫一旦被网住,根本别想逃脱。众多蜘蛛会一哄而上,从吐丝器里喷出黏性液体,将昆虫五花大绑,然后把毒液注进其体内,昆虫很快便会一命呜呼,然后开始分享这顿大餐。

有一个现象特别值得研究,就是这张完整的大网上总会有许多漏洞,按理说,这些蜘蛛织网应该是天衣无缝的,只有这样,才能提高捕猎的概率,可为什么如此巨大的网上有这么多漏洞呢?原来,这种漏洞是用来捕鸟的,是红蜘蛛故意留下来的。

有些鸟类撞网后,由于它们力量很大,很快便会挣扎破网逃脱。按理说,漏洞出来后红蜘蛛应该迅速填补,可聪明的它们却没有这样做。因为鸟类遭此劫难后,再次经过这里时会倍加小心,当它们看见雪白的织网有漏洞时,便会从漏洞里钻过去。红蜘蛛正是看透了鸟类的这些想法,当

　　鸟类第一次撞网逃脱产生警觉后，它们便留出漏洞，并在这个网后面大约一米远的地方，在树叶的掩盖下再织一张网。可怜的鸟儿钻过了第一张网的漏洞，却没有想到还有第二张隐藏着的网等着它。它们被另一张网粘住后，红蜘蛛便会蜂拥而上向其体内注入毒液……就这样，可怜的鸟儿成为了红蜘蛛的猎物。

　　红蜘蛛合力织网，向我们昭示了团结就是力量的道理，而它们留下漏洞捕鸟的行为则向我们展示了其聪明的一面。人类应该以此为鉴，我们倡导团结，强化力量战胜一切敌人，但如果能在其中加入智慧的元素，这种团结就是完美的团结。

（原载《意林》2014 年第 16 期）

> 团结的力量是伟大的，不但可以用来克制敌人，也是必备的生存技能。大自然真的很奇妙，不是吗？

塔兰托毒蛛的勇气

文 / 小刚

  包括懦夫在内的任何人都可以发动战争，但要结束战争却要得到胜利者的同意。

——萨卢斯特

  美国西部、南美洲和欧洲南部栖息着一种奇特的蜘蛛，叫塔兰托毒蛛，与其它蜘蛛不同，它天生不会结网，自然就不会通过蛛网而捕食昆虫。那么，它靠什么来填饱肚子呢？靠的是搏斗。任何一种生物，都可以成为它猎取的目标，遇到猎物时，它会猛烈扑上去，然后从体内射出一股强烈的毒液，使猎物身体慢慢溶解，然后再吮吸，据说，这种毒蛛用一天半的时间便可吃光半只鼠。

  尽管塔兰托毒蛛有巨毒液，但它毕竟是一只蜘蛛，不是动物界中的强手，因此，许多时候与猎物搏斗，它反会被打得遍体鳞伤，老老实实地躺在那里，任由猎物摆弄直至奄奄一息。

  人们不禁要问，这种斗败的蜘蛛，伤得已经非常重，根本再没有进食的力气，它是怎么活下来的呢？这也正是塔兰托毒蛛身体的奥妙所在。原来，这种蜘蛛有超强的忍耐饥饿的能力，即使 2 年不吃东西，7 个月不喝水，也不会饿死渴死。因此，它勇敢地与猎物搏斗时，只要不死，哪怕被打得不能再动，它就会趴在那里一动不动，数月不进食，直到把伤养好以

后再开始活动,然后依然凶猛地与猎物搏斗。

塔兰托毒蛛这种勇敢值得人类思考。许多时候,我们需要一往无前的勇气与强敌过招,但这种勇气的背后,必须有一种超强的本领作支撑,否则,我们没有与之抗衡的资本。

(原载《语文报》2015年第9期)

为了生存,人类往往会爆发出超强的力量。动物也是如此,原来生存是如此的残酷,可也正是因为有了这些斗争,才会使自然界和谐地发展!

喝水节

文 / 凤凰

世界上最后一滴水,将是人类的眼泪。

——谚语

外星人装扮成地球人的样子,偷偷地来到了江河市。外星人刚一走进江河市就吃了一惊,他看到所有的人都在往一个方向跑。这是干什么啊?发生大事了?外星人也跟着大家跑。人们来到了市中心的广场,按照先来后到的顺序排起了一列一列的长队。

看到人们排队,外星人也主动加入了队伍。外星人向四处看了看,密密麻麻都是人,他还发现所有的人手里都拿着一个小瓶子。外星人更加迷惑,人们这是干什么啊?外星人拍拍前面的那个男人的肩膀,男人回了头,看一眼外星人说:"你干啥?"

外星人赶紧笑眯眯地说:"大哥,问你个事,大家排队干什么啊?"男人上上下下打量了一下外星人,说:"你是外星人吧?"外星人点点头说:"是!大哥,但你千万别跟别人说我是外星人!"男人说:"怪不得你不知道,今天是 4 月 1 日,是我们市的喝水节。每个月的 1 日都是我们市的喝水节。今天政府给大家发水,所有的人都来领水!"

外星人眨了一下眼睛:"你说什么?领水?"男人说:"是啊!虽说我们这是江河市,有江也有河,可是江啊河啊早就没水了,地下水都抽光了,

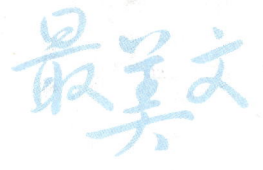

政府早在几年前就开始给大家发水了。"

外星人不解地问："可是你们怎么拿这么小的瓶子来领水啊？"男人笑着说："不拿小瓶子拿什么？拿桶吗？拿桶领水，那已经是三年前的事了。去年一人发一大瓶水，现在一人只能发一杯水了，所以拿这小瓶子就足够了！"男人说着向外星人扬了扬手中的小瓶子。

外星人更不解了："这么一点水，一口就喝光了，怎么够一个月喝啊？"男人说："当然够一个月喝！要是不够，那大家早就渴死了！"外星人很吃惊，地球人一个月竟然只喝一杯水，真是太厉害了！

外星人又问："可是你们做饭洗衣服什么的怎么办啊？"男人说："这你就不懂了，我们的饭不用煮，也不用蒸，烘烤着来吃，特别好吃。洗衣服都干洗，洗澡也干洗，总之，想洗的东西，都干洗，不用水，只用空气！"

外星人说："我明白了，怪不得地球上空到处都是灰尘，原来是干洗制造的。要是有一天空气中全都是灰尘怎么办啊？"男人说："这政府都不知道的事，我就更不知道了！"

外星人叹息不已，还想跟男人说点什么，可是男人却将头转了回去，向前移动。外星人走出队伍，走出广场。

第二天，外星人来到了江水市。他看到所有的人都像江河市的人一样往一个方向跑。外星人想，他们也是去领水吗？于是外星人跟着大家跑，人们来到了市中心的广场，按照先来后到的顺序排起了一列一列的长队。

外星人正不知道该不该加入队伍的时候，突然有了把他拉进了队伍。外星人一看，拉他的正是昨天跟他交谈的那个男人。外星人说："这排队是领水吗？"男人说："是啊！要不是领水，这么多人排队干啥呢？"

外星人不由吃了一惊："你不是江河市的人吗？怎么又跑到江水市来领水？"男人说："你以为这广场上的人都是江水市的人吗？不，有一半都是外地人，有江河市的，也有河水市的，总之，能来的外地人都来了！"

外星人吃惊地问："外地人来也能领水？"男人说："能！不过只能领半

杯水！半杯水也是水，能领到水就好啊！"外星人说："那我能领到水吗？"男人说："当然能啊！不过你没有瓶子，你拿什么装水呢？"外星人说："我去买个瓶子来装水！"男人说："这样的瓶子买不到！这瓶子是政府发的，一人一个！"外星人听了只好走出了队伍。

第三天，外星人来到了河水市。他看到所有的人又都像江河市的人一样往一个方向跑。外星人想，他们也是去领水吗？外星人跟着大家跑。人们来到了市中心的广场，按照先来后到的顺序排起了一列一列的长队。

外星人想，今天不会又看到男人吧？没想到，外星人一列一列地看过去，他居然真的就看到了男人。外星人走过去，男人看到他，把他拉进了队伍。男人说："你是不是急着想要水？"外星人说："我不要水，我就是来看看！今天也是喝水节吗？"

男人说："是啊！每座城市都有喝水节，每座城市的喝水节都不同，比如江河市是每月的1日，而江水市则是每月的2日，河水市则是每月的3日，水水市是每月的4日，一年365天……天天都是喝水节。"

外星人说："这么说你天天都在领水，是吗？"男人说："是啊！"外星人奇怪地问："那你不工作吗？"男人说："我在工作啊！领水就是我的工作！钱啊珠宝什么的都不再是财富，只有水才是真正的财富！"

外星人吃了一惊，他说："为了半瓶水四处奔走，你真辛苦啊！"男人说："不辛苦！不辛苦！水是生命，有了水，才能活着！"

外星人说："为了半瓶水，你天天四处奔走，要是哪一天政府不发水了，你不就完了？"男人笑着说："你就放心好了，我不会完了的，所有的地球人都不会完了。地球人永远都有水……"

外星人一惊，盯着男人问："永远都有水？这怎么可能呢？"男人说："我们大家领来的水都没有喝，都存在家里，当然就永远都有水！我的家里已经有10桶水了——那是我最大的财富！"

外星人大为不解："你们领来的水都没喝？不喝水那还来领水？"男人

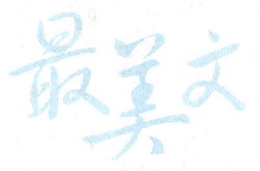

说:"只要政府有水,就会发水。只要发水,大家都会来领水。领到了水,大家看着水,心里就踏实啊!我已经有一年没喝一滴水了,可是当我看到政府发水的时候,我就觉得自己像喝了一桶水,就一点都不觉得渴了。所有的人都是这样,所以大家都将发水节说成是喝水节。将来政府不发水了,我就只能看家里的水了。家里的水越多,看着它,我就觉得自己喝的水越多,就越来越不会渴,就不用喝一滴水!那样,我的水就会一直存着,我就一直不用喝水也能好好地活着!"男人说完后兴奋不已——他为自己不用喝水也能好好活着感到特别幸福。

外星人松了一口气,原来地球人因为缺水多年早已修炼到了不用喝水、只需要看着水就能解渴的境界。可是,外星人还是为地球人感到悲哀,因为看着水却喝不到真正的水,也不敢喝下那真正的水,那心里该多难受啊!

(原载《故事大王》2012年第8期)

想起曾经的罗布泊,那是一片充满生机的绿洲,可后来就消失了。失去了水,我们还能活多久?

龙卷风来了

文/〔美〕格雷·韦德曼 庞启帆编译

只有顺从自然,才能驾驭自然。

——培根

"我去杂货店买点东西,你愿意照看一下你的弟弟吗?"妈妈边对我说边朝她的车走去。

"没问题。"我答道。

天气十分闷热,我和6岁的弟弟扎德来到了后院的柳树下。然而没有风,躲在树荫下也没有用。汗珠一滴滴从我的额头上滚下来,我烦躁得几乎要抓狂。

突然,柳树叶动了,起风了!我舒了口气。

扎德没注意到这个,而是侧耳倾听着什么。"嘿,杰森。你听到火车声了吗?"他大声说道。

我仔细倾听,但是我只听见了远处传来的打雷声。"是雷声,扎德。"我笑道。

"不,你听。"扎德坚持道,"你听见了吗?"

声音虽然在几英里外,但我还是听见了。那声音正在一步步地逼近,越来越有力,越来越大声。"这怎么可能呢?"我纳闷了,"那条铁轨已经荒废了好几年了呀!"

"走,扎德,我们骑车到铁轨旁去看火车!"我兴奋地说道。

然而,当我们把自行车推出家门时,却停下来了。不远处的天空一片黑暗,好像是一群飞鸟遮住了天空。它们在盘旋,俯冲,仿佛在进行危险的特技表演。这些鸟儿真是不要命了,我想。突然,其中的一只鸟儿快速朝我们飞来。

它越飞越近,我瞪大了眼睛,那并不是一只鸟儿,而是一个屋顶。

"杰森,我很害怕,火车开得离我们太近了。"扎德大喊道。

是的,"火车"太近了。

我脖子后的汗毛一根根全都竖立了起来。太阳消失了,天空变成了墨绿色。这时,镇上的龙卷风警报响了起来,我这才明白了我看到的为什么不是鸟,而是屋顶。

风越来越大,不久就开始怒吼起来。树梢被狂风抽打着,一会儿向左,一会儿向右。

"啪啪啪……"砾石溅落在车道上。我扔掉自行车,抓起扎德的手就往家跑。我用力去推后门,但门的后面有一股巨大的力量死死顶住了它,门纹丝不动。

"扎德,你得帮帮我!"我大喊道,"我数到三,你就把肩膀顶到门上来,然后用力推,一、二、三……"

门突然打开,我们暴跌了进去。我们还没站起来,门"砰"的又关上了。

我的心狂跳起来,屋内的空气似乎已经被抽干了。我跑到窗边。天空就像夜晚一样漆黑。

我们家曾多次演习过龙卷风逃生计划。但是我从来没想到,居然是我和扎德首先用上了这个计划。我们家没有地下室,但房子的中间有一间储藏室,而且没有窗户。

"进储藏室!"我大喊道。

储藏室很小,而且里面堆满了东西,但我们除了挤进去别无他法。然后,我猛地把门关上。扎德开始哭了起来,"很快就会没事了。"我安慰他。但是我很担心妈妈。"妈妈,希望你能找到一个安全的地方躲过这一劫。"我在心中祈祷。

外面,暴风雨依然在肆虐。突然,我听见屋顶"砰"的响了一声。整个房子都在颤抖、呻吟,我和扎德紧紧抱在一起。

不知过了多久,一切都安静了,"结束了吗?"扎德问。

我打开门,然后和扎德一起慢慢爬出了储藏室。雨从开着的窗户飘进来,打湿了地毯。厨房的一扇窗玻璃已经不见,应该是被风卷走了。

我看着后院,柳树被连根拔起,断枝败叶散落了一地。一根大树枝的顶端挂着我们家的屋顶上。房子的墙板、隔热材料和木瓦片都散落在院子里,院子里的家具也都不见了。

"杰森,电话打不了。"扎德拿着电话对我说,电也停了。我看了一眼还挂在墙上的时钟,从我们听到第一声雷声起,大约只过了20分钟。

这时,外面响起了汽车的刹车声,然后是飞奔的脚步声。我大喜,妈妈已经安全回家。

"孩子们,"妈妈大喊道,"你们在哪里?你们没事吧?"我们跑出去,与妈妈紧紧拥抱在一起。

太阳又出来了,是从来没有过的耀眼和明亮。

(原载《学生天地》(小学低年级版)2014年第9期)

人类跟自然相比,总是显得非常渺小和无助。我们唯一能做的就是,尽量与大自然保持和谐的局面,不然,一旦威胁降临,人类是无法抵挡的。

极致的安第斯蜂鸟

文 / 张云广

善良和谦虚是永远不会令人厌恶的两种品德。

——斯蒂文生

安第斯山脉纵贯南美洲的西部,南北绵延八千九百多公里,号称地球上最长的山脉。

和世界上许多高山一样,安第斯山脉的不少地方环境恶劣,特别是高海拔的地区,那里不仅空气稀薄,而且由于稀薄的空气很难留住白昼太阳辐射的热量,所以夜间温度会降到一个很低的值。每一种在这里"混"的动植物都要面临着很大的生存考验,比如,在山脉草地上生长的一种叫做普椰的凤梨科植物;比如,和普椰有着密切关系的安第斯蜂鸟。

普椰的寿命可达数年之久,在普椰行将枯萎之前,它会释放几年来植株内积聚的生命活力怒放出花冠高达五米的大型花朵,以此来为下一轮的荣枯做准备。

普椰的花朵里充满了极具诱惑力的花蜜,然而,由于这里海拔太高空气密度小,含氧量低,再加上气候寒冷,不仅身体单薄的飞虫无法振翅到达,就连一般的飞鸟也不能鼓翼而来。在这一生只有一次的灿烂而宝贵的花期里,普椰等待的真正"靠谱"的传粉使者只有一个——安第斯蜂鸟。

于是,在白天准确捕获到花朵盛开信息的安第斯蜂鸟飞来了!

要知道，这种羽毛华美、形体可爱的小精灵已经在夜间靠以近乎冬眠的方式与滴水成冰式的无边酷寒进行了数个小时的抗争。它们靠降低自身新陈代谢的速度硬是把自己的体温由三十八摄氏度降到了十四摄氏度。这种对环境的超级适应能力在鸟类中特别是对新陈代谢速度可达人的五十倍的蜂鸟家族而言是十分神奇和罕见的。

值得一提的是，与其他地区和其他种类的蜂鸟采用的以消耗大量体力为代价的高频拍翅式的常规采蜜方法不同，安第斯蜂鸟练就了一项"绝活"，那就是可以攀附在普椰的花冠上采食花蜜。这一绝活无疑有效降低了能量的消耗，节约了"工作"的成本，从而大大提升了安第斯蜂鸟对高寒环境的适应能力。

就是这样，凭着特别能抗寒、特别能飞行和"特别会采蜜"的高超本领，在蜜汁多多的普椰花冠上，安第斯蜂鸟"旁若无人"般尽情而安心地享用到了其他虫鸟难以得到的美味。

物竞天择，万物皆在"天"的挑选规则之下。安第斯蜂鸟的成功哲学启示我们，不要轻易地抱怨命运的不公，也不要动辄就慨叹竞争的激烈，如果自己的本事还没有像安第斯蜂鸟那样优秀到不可替代的话。

（原载《意林 12+》2014 年第 1 期）

在自己能力没有达到一定高度的时候，千万不要抱怨，更不要跟上司抗衡，不然最后吃亏的还是自己。自不量力只会自取灭亡。

兔子的论文

文/庞启帆 编译

智慧是命运的征服者。

——玉外纳

这天早上,兔子在森林里溜达时碰到了他的死对头狐狸。"哈哈,这次终于让我逮着你了!"说完,狐狸朝着兔子扑了过去。

兔子闪到一边,笑嘻嘻地说道:"狐狸先生,我正在写一篇《论兔子比狐狸强》的论文,你不妨先跟我回去看看我写的是否有道理。"

"胡说八道!自古以来都是狐狸比兔子强。你不信吗?我现在就马上证明给你看。"说完,狐狸张嘴就要去咬狐狸。

"不用这么着急嘛!如果你看完我的论文后,觉得我是胡说八道,再吃我也不迟呀!"兔子镇定道。

"好,量你也逃不出我的手掌心。就算你说得天花乱坠,事实上你也不可能强过我们狐狸。"狐狸笑道,然后他就跟着兔子回家,从此,森林里再也没有动物看见过这只狐狸的身影。

又一天早上,兔子在森林里溜达时碰到了他的另一个死对头狼。"哈哈,小兔子,我正愁早餐没着落呢!"说完,狼张开了他的血盆大口。

"等等,等等!"兔子镇定地说道,"狼先生,我正在写一篇《论兔子比狼强》的论文,我想让你先跟我回去看看我写的是否有道理。"

"放屁！谁不知道狼比兔子强！我无需看你的狗屁论文，现在我就证明给你看！"说完，狼朝着兔子扑了上去。

兔子闪到一边，笑嘻嘻地说道："狼先生，如果你觉得我的论文是在胡说八道，再吃我也不迟呀！反正在你眼里，我是逃不出你的手掌心的。"

狼哈哈大笑，说道："好，我就让你多活几分钟。我倒要看看你是怎么颠倒是非的。"然后，他就跟着兔子回家了，从此，森林里再也没有动物见过这只狼的身影。

某一天，一只青蛙无意中闯进了兔子的家。他看到了这一幕：一头狮子正趴在兔子的房间里呼呼大睡，狮子的两边各有一堆白骨。在狮子的旁边有一张桌子，桌子上有一台电脑。兔子正坐在电脑前写论文，论文的题目是《论兔子比狐狸和狼强》。

各位，明白了吧，论文的题目是什么并不重要，重要的是你的导师是谁。

（原载《百姓故事》（B 版）2008 年第 8 期）

这实在是一种高明的生存手段，正所谓互相合作才能实现双赢。可是，这是不是也在反映了社会斗争的残酷性呢？

世界上最丑的小猫

文/〔美〕班妮·波特 庞启帆编译

　　不害怕痛苦的人是坚强的，不害怕死亡的人更坚强。

——迪亚娜夫人

　　第一次见到斯沃奇的时候，它正在大火中。那时我和我的三个孩子到小镇外的垃圾场去倾倒一周的生活垃圾。当我们靠近垃圾坑时，我们听见旁边浓烟滚滚的砾石堆里传来一声声猫的惨叫。

　　突然，一只被铁丝捆住的、正在燃烧的巨大的硬板纸箱爆炸了。爆炸声夹着尖利的猫叫，我们看见一只小猫火箭般"嗖"地窜向空中，然后"叭"地落在已经烧成灰烬的垃圾坑里。

　　"妈咪，救救它！" 3岁的杰米喊道，她和6岁的贝基探头看着还在冒烟的垃圾坑。

　　"它不可能还活着。" 16岁的斯科特说。然而灰烬在动，烧得面目全非的小猫奇迹般地站了起来，再挣扎着爬上地面，向我们爬过来。"好吧，我们带它回家！"说着，斯科特蹲下身，用我的大手帕把小猫包裹起来。我很奇怪为什么它对于这增加的痛苦没有喊叫，也许它没力气再叫了。

　　回到我们的农场，我们就赶紧救治这只小猫。这时，我的丈夫比尔一身疲惫地回来了，他一整天都在忙着修整栅栏。

"爸爸，我们救回了一只被烧伤的小猫。"杰米说道，看到我们的新"客人"，他脸上立刻出现了那种熟悉的"噢，不，再也不要"的表情。我们把受伤的动物带回家已经不是第一次了。

尽管比尔不高兴，但他还是不忍心看着可怜的动物受苦。因此他总是帮助我们，为我们带回来的臭鼬、野兔和小鸟做一些笼子、栖木和夹板。但是，这次不同以往，这次带回的是一只猫，比尔一点都不喜欢猫。

况且，这不是一般的猫，它的皮毛都没有了，全身都是水疱或者黑乎乎的粘连的东西。它的耳朵没了，尾巴烧得只剩骨头。抓捕老鼠时迅雷般出击的利爪没有了，将会在我们车上留下"泄密"脚印的肉掌也没有了。除了那两只大大的钻蓝色的眼睛之外，身上没有什么幸存的地方使它看上去像一只猫了。那双眼睛在祈求帮助，可我们能做些什么呢？

忽然我想起了种在院子里的芦荟，听人说它具有治疗烧伤的功效。我赶紧到院子里剥下几片芦荟叶子，把充满黏液的芦荟用纱布包裹在小猫身上，并把它放进了杰米的复活节篮子里。做好这一切，整只小猫只剩下了一张小脸露在外面，就像一只破茧而出的蝴蝶。

它的舌头也严重烧伤，嘴里满是水疱，根本不能舔食食物。我们只好用眼药水瓶喂它牛奶和水。几天后，它可以自己进食了，我们把它起名为"斯沃奇"。

三周之后，我们种植的芦荟叶用完了，我们就给斯沃奇涂药膏。它的尾巴脱落了，全身一根毛也没留下，但我和孩子们都很喜欢它。

比尔不喜欢斯沃奇，而斯沃奇也讨厌比尔，原因是比尔吸烟。当他用打火机点燃香烟时，斯沃奇总是十分惊恐，在碰翻了杯子和台灯之后，一溜烟跑到了空闲的房间里有通风口的地方。这时，比尔就会叹气道："难道我就不能有一个安静的地方可待吗？"

一段时间后，斯沃奇的忍耐力增强了。比尔吞云吐雾的时候，它躺在沙发上看着他。一天，比尔对我吃吃地笑着说："讨厌的小猫让我觉得自己像是做错了事。"

斯沃奇的身体逐渐好转，它在姑娘们面前表现出的耐心让我们感到惊讶。我的女儿脱下洋娃娃的衣服和帽子打扮小猫，这样"失去耳朵"的缺陷就看不出了。然后她们把它抱到镜子前，让它看看自己是"多么漂亮"。

斯沃奇快满一岁的时候，看上去就像一只缝补过的旧手套。斯科特在朋友中间可出了名，因为她拥有一只在村子里，也许是在这个世界上最丑陋的猫。

斯沃奇渴望到户外玩耍，外面鸟儿、小鸡和花栗鼠的叽叽喳喳声吸引着它。每当给户外的动物们，如墨西哥狼、临时救来的臭鼬、各种蜥蜴喂食的时候，斯沃奇就蹲坐在窗台上，鼻子紧贴在玻璃窗上，出神地望着窗外，然而它最想接近的却是那些保护谷仓的家猫。但自从它失去了爪子的保护以后，我们不能在没人看护的情况下放它到户外。

偶尔，周围没有其他动物的时候，我们也会带斯沃奇到走廊走走。如果幸运的话，一只意想不到的金甲虫会误入走廊，从水泥地上爬过。这时斯沃奇会慢慢靠近，然后时而拍打小虫，时而把它踢来踢去，直到小虫四脚朝天翻躺过来为止。这时你会希望，小虫在被斯沃奇吃掉之前已被吓死了。

慢慢地，比尔成了斯沃奇最关心的人，这让我们全家都很奇怪。而且不久之后，我注意到了比尔的变化，那就是他很少在屋里面吸烟了。一个冬日的晚上，我看到了意外的一幕：比尔正坐在火炉前烤火，而斯沃奇竟蜷缩在他的膝盖上。

我还未开口，比尔尴尬地说道："它可能怕冷。你知道，它没毛了。"但是，我记得斯沃奇喜欢冰凉的地方，它总是睡在通风口前面或者在冰凉的砖地上面。也许比尔开始有点儿喜欢这只怪模怪样的小动物了。

但并非每个人都可以感受到我们对斯沃奇的感情，特别是那些从未见过斯沃奇的人。有谣言传到一群自封为动物保护者的耳中，于是有一天，他们其中一人找上门来。

"我们接到许多电话和信，"那个女人说，"所有这些热心的人们都在关心您家里一只可怜的烧伤的小猫。他们说，"说到这里，她放低了声音，"它在受苦，也许它应该被从痛苦中解救出来。"

我立刻生气了，比尔更是火冒三丈。"它是被烧伤的，没错。"他说，"但是您怎么知道它现在在受苦呢？请注意您的用词。"

"过来猫咪。"我喊道，却不见斯沃奇。"它可能藏起来了。"我说，但我们的客人却不出声。当我转身看到她的时候，她的脸色灰白，嘴巴张开，手指指着一个方向。

我顺着她手指的方向看去，只见浑身无毛的斯沃奇藏在150加仑的鱼缸后面，它的个头似乎被放大了十倍，双目怒视来访者。样子让人望而生畏。透过这片绿色的水中迷宫，斯沃奇就像一头霸气十足的暴龙斜视着这位女士，它已不再是这位女士想象中的那只"烧伤的、痛苦的、可怜的小猫"。

斯沃奇张开嘴巴，露出长剑似的牙齿，在灯光下，这牙齿令人生畏地闪着光。很快，这位女士告辞了。出门时，她的脸上已露出微笑，微笑中透出一份尴尬，但更多的是如释重负。

斯沃奇两岁那年，一件不可思议的事情发生了。它开始长出软毛来，是那种白色的小绒毛，比小鸡身上的绒毛还要软，还要好看。绒毛逐渐长到了三英寸多长，这使我们丑陋的小猫好像变成了烟雾般的一个小毛团。

比尔继续享受着斯沃奇的陪伴，尽管二者是那么的不协调——一个是饱经风霜的农场主，驾车四处奔忙，嘴里叼着一个并未点燃的烟斗，而陪伴其左右的却是一只毛茸茸的白色小生灵。比尔带斯沃奇驾车出去巡视牲畜时，为了斯沃奇舒服一点，总是为它开着空调。

斯沃奇三岁时，有一天比尔带着它一起去寻找失踪的小牛。找了几个小时之后，比尔下车去查看，车门没有关。牧场很干燥，草儿都已经干

枯。一场暴风雨就要来临，找了好久还没找到小牛，比尔感到泄气了，随即不假思索地从口袋拿出打火机，旋动火轮打火。一点火星溅到了地上，几秒钟之后干草就燃烧起来了。

惊慌失措中，比尔把小猫抛在了脑后。后来火势控制住了，小牛也找到了，但比尔回到家后才想起小猫。"斯沃奇！"他急忙喊道。"它一定跳下车跑了！它回家了没有？"

没有，我们知道，在离家两英里远的地方它不可能找到回家的路的。更糟糕的是，这时外面已经大雨滂沱，我们根本无法出去寻找它。

比尔忧虑万分，不断地自责，我们知道斯沃奇无力对付那些掠食动物，第二天我们一整天都在寻找它，但是无功而返。

两周之后，斯沃奇仍然没有回家。我们都绝望了，因为雨季已经来到，鹰、狼、野狗这些肉食动物要养家活口。

紧接着，一场50年来最强烈的暴风雨袭击了我们地区。清晨，洪水蔓延几英里，一些野生动物和家畜被洪水驱逐到较高的地面上。

受惊的兔子、浣熊、松鼠和老鼠在等待着水退去。比尔和斯科特在深至膝盖的水中涉水而行，把叫个不停的小牛犊送到牛妈妈身边去，再把它们转移到安全的地方。

我和女儿正目不转睛地望着这一切，突然杰米喊道："爸爸，那边有只小兔，你能救救它吗？"

比尔涉水走到那只动物趴着的地方，但当他伸手去救那个小家伙时，小家伙恐惧地往后退缩。"我不敢相信，"比尔喊道，"是斯沃奇！"这时他的嗓音变了："小斯沃奇！"

当可怜的小猫爬上比尔的手掌时，我的鼻子一酸，眼泪再也忍不住地流了出来。比尔把小猫颤抖的身体放在自己的胸口上，温柔地跟它说话，同时轻轻地擦去它脸上的泥巴。而小猫蓝汪汪的双眼一直注视着比尔的眼睛，眼里透出一种无言的理解。它已经原谅了他。

斯沃奇又回家了。在我们为它洗澡时，它所表现出的耐心令我们感到吃惊。我们喂它吃炒鸡蛋和冰淇淋，并且使我们高兴的是，它看上去恢复了健康。

但是，斯沃奇从未真正强壮起来。在它刚刚 4 岁时，一天早上，我们发现它软绵绵地躺在比尔的椅子里，它的心脏完全停止了跳动。

我们用比尔的一条红色大手帕包起它的身体，把它放进孩子们的鞋盒中，然后在后花园埋葬了它。当晚，我在日记中写道：斯沃奇教我们学会了信任、友爱，让我们懂得了面对不可能的逆境时也不要失去希望。它提醒我们，不是任何外在的事物，而是我们内心深处的某种东西才能起决定性作用。

这些正是斯沃奇至今仍然活在我的心里的原因，对我来说，它永远是世界上最漂亮的小猫。

（原载《传奇》（传记文学选刊）2013 年第 4 期）

> 生命的本质是：坚韧、执着、顽强、存活，最后传达的意义便是——温暖。这是生命的作用，用自己来感化其他生命！

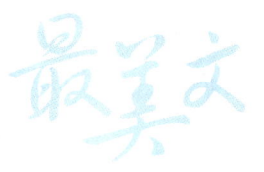

恰似丽江秋水

文 / 叶浅韵

旅行对我来说，是恢复青春活力的源泉。

——安徒生

我对于丽江最生动的认识，是从"一米阳光"开始的。

我新奇地发现，阳光原来也有计量单位，可以用"米"来丈量。这个发现，勾起我童年的记忆。那时，阳光从窗缝里射进来，像一条条金色的射线，刺落到地板上。我静静地看着它们，伸出小手，却怎么也抓不住。多年以后，到了丽江我才知道，那是"一米阳光"或"一束阳光"。这精准的叫法，叫红了一部电视剧，也叫红了丽江大大小小的客栈酒吧。

当丽江成为浪漫之旅、艳遇之都以后，这里空前热闹起来。以前多少以为这是炒作，可当我走进这座古城时，才知道我有多么迷恋它。

这里深埋着什么宝藏？让人们不远万里慕名而来，只为找寻各人心中的宝贝。

从丽江头顶不断变幻的彩云开始，从玉龙雪山的雄伟圣洁说起，到雪山脚下宽阔的草地上，那些无名的野花与短松，再到古城里涓涓流淌的清溪、琳琅满目的店铺，无一不是至极的美好。每去一次，总想着什么时候还会再来。

仍记得那年国庆长假，丽江，成了我的首选。几家人相约，不顾客栈要价高昂，不顾道路拥挤，就这样带着美丽的心情，踏上了黄金之旅。

大丽线不够宽敞的公路上，挤满水流一样的汽车，省内外的牌照穿梭一路，奔向那个心中向往的地方。抬头，不断仰望天上的云彩，它们变幻着身姿，仿佛一场演出盛会，迎接八方游客。

有的像舞蹈着的流云，从山那边，一路迤逦而来，一番欢舞之后，阳光仿佛领舞者一般，从彩云之间轻轻穿过。一会儿，乌云来了，洒下一阵清凉小雨；一会儿，太阳又露出了笑脸……哭笑欢闹只在弹指间。我为自己发现了天空上演的"舞剧"暗暗自得，直到路标上那些"彩云、祥云"的地名提醒了我，原来这样美的景致，早已镌刻在古人的心里梦里了。

古城里人头攒动，这里深埋着什么宝藏让人们不远万里慕名而来，只为找寻各人心中的宝贝。也许，那是一条心仪的披肩；也许，那是一种自由的心境；也许，那是一次邂逅的等待……光滑的石板路面，已被光阴的手轻抚过多少回，被游客的脚，摩擦过多少回？我们缓缓走在古城的气韵里，忘了目的地在哪儿，时间蓦然慢下了脚步，那样大方地任我们挥霍着。

找一家古香古色的小店，走走神，发发呆，让美好的光阴，慢慢浸润每一寸发梢，每一缕神思……

有人提起过吗？丽江的菊高洁却不寡淡。举目都是怒放的菊花，缤纷艳丽，在流水白云之间，秋天的写意，被这菊花精致地诠释着。小桥流水之间，琴韵悠悠，歌声缭绕。流浪的康巴歌手，在这里找到了生存的土壤，远行的画家也在这里驻足。

歌手卖力地唱着自己的原创歌曲，画家忘记了耳畔的热闹，用画笔捕捉这座城市别样的风情。街边处处是淘碟小店，店主有节奏地击打着小鼓，暗示着流行音乐和民族音乐已在这里生根、发芽、开花了。

豪华威严的木府，在我看来，简直就是紫禁城的缩影，高壁画廊，雕龙附凤，楼阁轩宇，富丽堂皇。高高的门槛，让人迈得颇为吃力，不得不低下头来，虔诚地礼赞。封建土司的权力与威严，在纳西人的低头之间，彰显

着自己的尊贵荣尚。即使是几百年后，我来到这里，同样要低下头才能进得去。木老爷在这人间仙境，享尽了繁华，阅尽了春色，该是何等惬意呢！

也有人说，丽江是男人的天堂、女人的天下。纳西人的审美取向颇有意思，他们以黑为贵，以胖为美。这给天天嚷着美白减肥的姑娘一种暗示：其实朴素、自然、健康的美，才是最美。这，不知算不算纳西族特有的文化。刻在古城墙壁上的东巴文字，记载着这个民族的辉煌历史。我倚在那里发呆，想把自己置身于那个久远的年代，不知能否透过厚厚的砖墙，听到远方的驼铃。

或者，只是悠闲的，从古城的这条巷子走到那条巷子。若不是水流的方向，常常就忘记了东西南北，心中一万分地愿意停留在脚下青石板上徜徉，脚却开始隐隐地疼了。找一家古香古色的小店，要上几个家常小菜，赏着菊花，听着流水潺潺，走走神，发发呆，让美好的光阴，慢慢浸润每一寸发梢，每一缕神思……

傍晚的古城，又是一番景致。比起城市里的霓虹灯火，古城斑斓绰约的风姿，让人的心思，婉转百回。你不得不感慨：这才是人间烟火的味道。也许，多少暧昧，多少邂逅，就从这里滋长了吧？从来没有哪个城市像丽江那样，在酒吧门口的黑板上，明目张胆地写着：美女靓，帅哥多，约会圣地的字样。店铺的名字也叫得那般"露骨"：等你3天、邂逅、偶遇、千里走单骑，就连一碗凉粉也可叫成伤心凉粉……怎么，都离不了一个"情"字。丽江的情调，在这些细节里被无限放大着，任你的思绪飞远。

酒吧里的洋酒、红酒、啤酒身价直线攀升，只因这里是艳遇的圣地。你可以端上一杯鸡尾酒，邀请心仪的女士共饮。大声地笑，纵情地笑，欢畅地舞，在这里，这些都是你呼之欲出的情感。这座城市独有的味道，它驱赶着你的寂寞，打破你的束缚，放松你的身心。好友说，我们留着下次再来吧。让向往与等待，成为人生最美的风景，不好吗？

当你登上海拔近5000米的雪山时，云雾之间，雪山宛如出浴的仙女，圣洁得让人顶礼膜拜。心灵的尘土慢慢落去，一切回归自然，回归真纯。俯视脚下曼妙飞腾的雾，一会儿隐去，一会儿出现，它们像是雪山的锦绣蝉衣，装饰着雪山圣洁的美丽。丽江人对水的珍惜与热爱，令人叹奇，一条条溪水流经村村寨寨，再流到古城，依然是干净清冽的颜色。

从雪山上流下的水一路向前，遇山遇河，形成瀑布，形成潭水，每一处都是别致的美景。白水河的静美，流淌着平淡生活中动人的韵律；玉水寨清澈见底的水里，能看见鱼儿畅游的身姿。行走在这些景致里，不知是你装饰了风景，还是风景装饰了你的眼睛。带着这满眼的纯美，忘了时间，忘了烦恼，把身心都融入了它的怀抱。

远远看到，纳西汉子牵着马，一路唱着山歌，辽阔的音域透出这个民族的豪放粗犷。他们嘴里不时蹦出简单的英文单词，对马大叫着"come on！"让我忍俊不禁，难道马也懂英文不成？还真神了，纳西老表说，他们的马都能听懂这一句。看来，丽江的美早已驰名中外了。策马奔腾的感觉，定是飒爽的，在马背的颠簸中，让时光慢慢流过，感受风的呼唤，雨的呢喃，点点滴滴瞬时消融在茫茫天地间。身心被涤荡得只剩欢乐，我们向往雄鹰、向往草原，其实就是向往飞翔中的忘我吧？

我说我还想去泸沽湖、拉什海呢，我说我要在束河古镇里静静地发呆……好友说，我们留着下次再来吧。让一座城市活在我们不断的念想与记忆之中，让向往与等待，成为人生最美的风景，不好吗？

（原载《语文报》2015年第6期）

走过一段路程，留下一段经历，获得一些感悟。这便是旅行的意义，愿我们能将世间所有的美景看透！

低眉尘世，看见花开

文/积雪草

夫君子之行，静以修身，俭以养德，非淡泊无以明志，非宁静无以致远。

——诸葛亮

唐代画家周昉有一幅名画，工笔重彩的《簪花仕女图》，让人惊艳不已。画中的女子云鬓高耸，鬓上除了簪有步摇一类的饰品，还簪有一朵美丽的鲜花，或牡丹，或芍药，或荷花不等。画上的仕女，低眉，眼睛细长，朱唇一点，体态丰腴。

盛装的仕女或拈花扑蝶，或戏鹤逗犬，生活安逸懒散。我注意到一个特点，即便是嬉戏，画中的女子也是大多低眉顺眼，不悲不喜，安详从容，自有一种温婉平和的底蕴在其中。

喜欢"低眉"这两个字。

仰视，自有一股世俗的媚态；俯视，自有一股狂妄的自大；斜视，自有一股傲慢的轻狂；横视，自有一股无知的漠然。唯有低眉，是一种和顺，是一种柔软，是一种淡然，是一种胸怀，内敛，沉静，自然，却自有一股绵厚的力量。

弹琴的女子是低眉的。

弹琴的女子大多含首低眉，十指纤纤，行云流水样的音符便从指间潺潺流出，琳琳琅琅，筝筝入耳。时而小桥清流，温婉细长；时而和风旭日，岁月静美；时而幽幽怨怨，如泣如诉；时而铁马冰河，惊天动地。

弹琴的女子自有一股风流妩媚，神态随琴音行走，如落花随流水，水流弯急便蹙眉，静水深流便安详，一举手，一投足，意蕴十足。

爱上的女子是低眉的。

作家张爱玲爱上了一个男人，便成了一个低眉的女子，一直低，低到尘埃里，然，心里却是欢喜的，心甘情愿地为那个人做这做那，做着她所能做的一切。可是到头来，那个男人并没有因为她的低眉而与她生死契阔，白首偕老。烟花般璀璨的爱，寂灭之后，留下无尽的虚空，低眉世间，萎谢余生。悲凉吗？不得而知，个中感受，冷暖自知。

最是那一低头的温柔，不知是徐志摩笔下哪个娇羞如花般的女子，轩窗前，花架下，春风里，低眉回首间，几分娇怯，几分温柔，几分温婉，几分含蓄。

菩萨也是低眉的。

金刚怒目，菩萨低眉，金刚怒目为降服恶人，菩萨低眉是在倾听世间的千种唉音。世人诉求太多，生老病死，困苦磨难，都求菩萨佑护。作家朱天文在《菩萨低眉》一书中说：菩萨除了不忍看，也没有能力看，所以才低眉的。

以我之想，菩萨低眉，是有一种大慈悲心，在注视芸芸众生，低眉是一种温暖，暖世间苍生；低眉是一种宽怀，宽世间众人；低眉是一种接纳，纳世间万物。低眉是一种包容，容天下万事。

低眉，是一种姿态。

在光阴里低眉，尘世往来，熙熙攘攘，皆为利来，皆为利往，为情为爱为虚名，为浮云如梦。低眉，是一种姿态，不与人争，不与己争。功名利禄，权贵尊崇，都是一种无形的枷锁，忙忙碌碌，到头来，仍是尘归于尘，土归于土。

低眉，是一种淡然。

在生活里低眉，在柴米油盐里讨喜，一盏淡茶，三两知己，怎么知道这样的生活就没有滋味？听一曲梵音，做一段瑜伽，去寺庙小住几日，吃几餐素食，喝两杯清水，再回到尘世，烦忧袅袅做烟尘，超然物外为归依。

低眉，是一种胸怀。

在尘世间低眉，那些念念不忘的恨，那些此生不渝的爱，那些让你寝食不安的牵挂，那些让你无时无刻都挂怀的琐事，斯时，此刻，觉得至深至痛，觉得一辈子都无法原谅。经年之后，想起来，却是淡淡一笑，不过如此矣。

一转身，就是一辈子。还有什么放不下的？一转身，就是一生，还有什么舍不得的？

做一个低眉的男人或女子，花开，随喜；花落，不悲。

（原载《思维与智慧》（上半月）2015 年第 2 期）

如果我们静心，唤醒内在的意识，我们会知道自己的伟大，知道自己和宇宙源头有沟通，而且是其中一分子，我们和整个宇宙是一体的。因此我们会更有耐心、更坚强、更有智慧，可以做更多神奇的事。

沉默的石头

文 / 俞传美

生命生命，那是自然送给人类去雕琢的宝石。

——诺贝尔

小时候，我钻进小屋外门前的山洞里，用布做个娃娃，和好伙伴钻进山洞——扮演夫妻，把山洞当成我的洞房……

门前千奇百怪的石头，像电视剧《西游记》中孙悟空的花果山一样，那时我也想当"王"。一个算命先生说，我家门前有块石头要成仙，是"石王拜家"的风水宝地。我抚摸着每一块奇形怪状的石头说："记住，我是你们的主人，我是你们的'王'，不许你们进我的山洞——我的洞房。"

爸爸盖猪圈时，打碎了一些石头做地基，我就坐在石头边哭，抚摸着被打碎的石头说："你疼吗？等我长大了，我帮你出气。"我常常在这个石洞与那个石洞之间穿梭，高兴地和他们讲故事，唱歌给他们听，有时我眼睛花了，好像石头也和我一起唱着、跳着，和蓝天白云对话！没有伙伴的童年，我常常和石头对话，睡在他们身上撒娇、嬉戏。

一块像马鞍的石头被姓王的一家人抬走，给他家老祖宗立碑，听说他们抬走之前用大锤打掉一块，石头居然流血了，我使劲哭。爸爸莫名其妙，这块石头随着王家人的心愿跑了，立在王家祖坟前变成一种家族人的希冀。我问过沉默的石头很多次，当初在我家门前时，我骑在他身上——

当马鞍坐，现在我不敢坐，爸爸说："你坐了就是犯上，老天爷也不饶你的。"我伤心地哭了，就像我一样，长大了……妈妈说："你是一只小小鸟，翅膀硬了，就想飞啊！"是啊！我是一个有梦想的女孩儿，想飞出盆地，想变成巨人，拿着巨斧把盆地四周像五线谱一样雄浑的大山劈得一马平川，让盆地变成舒缓的平原。于是我背着行囊去中原寻梦，告别爹娘，告别师长，告别亲人，告别我的石头洞房。

我抚摸着石头朋友泪流满面，突然我变成一朵飘散的故乡云，去不远的远方流浪，是不是厌倦了一个地方的生活而去漂泊？我常常想，一块石头好端端为啥被人搬走？还要肩负给子孙带来福气的重任？当石头被打碎了，石头为谁流泪，为谁哭泣？当石头的肩膀流血时，你的心流血时，你的心碎了吗？我和你一样辗转流浪，变成孤儿。我们一直在尘世中寻找自己的位置，躲在无人的角落流泪，我为谁流泪？我为谁心碎？

我的老太爷去世的时候，爸爸拉着我，让我举目看板壁山上的一方好大的石头。爸爸说："美儿啊！你看这块石头上的苔藓长得好看吗？"我看啊看，看得眼花缭乱……终于看到苔藓形成一匹骏马奔驰的图像，尤其是骏马的前蹄高高抬起，不用扬鞭自奋蹄就是这种意境吧！好神奇啊！

当年不明事理的我，问爸爸，这块石头是为我老太爷长的吗？那匹马高高奋起马蹄要去哪里？爸爸说："你不要告诉任何人这块石头下埋着你老太爷，将来我们家会出大官，男的才华横溢、女的貌美如花，银子自然落我们家……"我一直没有告诉任何人，只是期待辉煌。我每一次回故乡，给老太爷烧纸后久久凝望着悬崖峭壁上奔驰的骏马图腾，望着望着我眼睛就花了，骏马真的在奔腾驰骋……我哭了，骏马，你要去哪里啊？你为谁驰骋、为谁历尽苦难，痴心不改？为谁在风霜雪雨中岿然不动？岁月的年轮成就了谁的爱？你的灵魂流落他乡成了谁的新欢？

我抚摸太爷爷的墓碑石，他沉默无语；我抚摸爸爸的墓碑石，墓碑石沉默无语；我抚摸妈妈的墓碑石，墓碑石沉默无语。当您白发苍苍的时候，挽过谁的手走进生命的最后年轮，年轻的时候美丽光洁的面颊被谁吻过？

每一次回到故乡，我都去跪拜逝去的亲人，跪拜生命中的石头，叩问石头。钻进儿时的洞房，寻找和我一起钻进洞房的小伙伴，构思我心中的白马王子。是不是像我一样飞跃时空、跨越山川河流流落他乡……石头的生命里有没有离别与忧伤？岿然不动的石头长久地沉默，是不是对尘世无言的对抗？

你们在大山、盆地的怀中，保持沉默，以一种特殊的方式对尘世无言的倾诉，此时无声胜有声，我仰望悬崖峭壁的骏马石头，您历经地震、修路、炮轰、泥石流仍然傲然挺立在高高的山巅……我想知道，您是在守候老太爷的灵魂吗？还是在为爸爸的子孙守候，你是山中的隐士、石头中的君子、山巅上的勇者，没有随波逐流。

我突然感觉这块石头像极一个人，像我坚强不屈的妈妈，妈妈那些年把对我的思念藏在心里，坚强地生活，一如既往地爱着爸爸，伺候瘫痪的爸爸——18年如一日，书写人间夫妻大爱！妈妈是生活中的强者，妈妈漫过世俗的眼光，一直用"孩子啊！人穷志不穷"的格言激励我们姐妹几个加油。当世俗认为可笑时，妈妈却肯定着我们的坚守，我们三姐妹终于有了云开日出的好光景……

我在和石头一起长大，故乡是一个石头的世界，浑浊的河流是石头沧桑的眼泪、绿色的大山是石头永不离弃的情人、飞翔的雄鹰是石头的子民，而我是石头的主人。

我离开了故乡，爸爸、妈妈根置于地下，和石头相依为命，石头的生命依然谦恭而又沉默，是要积蓄力量反抗世俗吗？石头冷若冰霜的脸，想把温暖留给他的子孙吗？

我轻轻抚摸长江岸边那块突兀而立的"望夫石"，她是在苦苦地等待爱情吗？这块石头一辈子亭亭玉立地立于江边，是在紧紧地拥抱她的爱情童话、书写爱情童话吗？神女峰——独守江边的寂静，是要把喧嚣和浮躁留

给海洋吗?

我拥抱着"望夫石"痛哭,石头,你的故乡在哪里?你的爸爸、妈妈在哪里?你要辗转去哪里?海会枯萎吗?石头会腐朽吗?石头会飞翔吗?石头和白云对话吗?石头会哭、会笑、会闹吗?你是不是把欢乐高高地悬挂在蓝天之上?石头有忧伤吗?是不是把忧伤深埋在蔚蓝色的大海里?

我再一次抚摸那块立在王家祖坟前的马鞍石身上的伤疤!您还疼吗?您是一块坚强的磐石,忍受疼痛,愈战愈勇;是一块感恩的石头,在静默中做着睿智的思考。而我,是一块呆呆的石头,正在人生路上踽踽独行!即使路途充满艰辛困苦也决不退缩,只为立在人生的潮头浪尖大声歌唱……

(原载《语文周报》2014年第18期)

> 任何事物都是有生命的,哪怕是静止的东西,也可赋予其生命,从而鲜活起来。就像是一个老友,陪伴我们一起成长。

动物小品

文 / 庞启帆 编译

爱是理解的别名。

——泰戈尔

灵性

家里养有一条小狗,很瘦弱。一段时间之后,觉得实在无法养下去了,父亲就趁出差之机,把它丢在了离家一百多公里远的一处郊野,让它自生自灭。

丢掉小狗后的第八个晚上,我正要就寝,门外突然响起哭泣的声音,并有抓门的响声。

我打开门一看,门外趴着那条瘦弱的小狗。一周时间不见,加上一百多公里的跋涉,它更加瘦弱了。

看着那双泪水汪汪的眼睛,我一把抱起它,潸然泪下。

母性

8岁那年,跟父亲上山打猎。

来到一个山岗,突然看见一只鸟,翅膀像是受了伤,艰难地在地上一蹦一扑地向前走。我大喜,就想上去把它捉住。

父亲却叫住了我:"孩子,放了它吧。这是只母鹌鹑,它怕我们伤害小鹌鹑,正设法把我们从它的鸟巢边引开。"

我在周围找了一下,果然发现一个鸟巢,鸟巢里两只小鹌鹑睡得正香。

在我走近鸟巢的那一刻,传来了刚才那只母鹌鹑绝望的哀叫声。

那次打猎,在我幼小的心灵里刻下了一个叫母性的概念。

(原载《花季雨季》(阅读与作文)2013年第3期)

无论何时,我们都要对生命展现出柔软的一面,不管是同情也好,热爱也罢。

当它们的眼神抚过你的心

文 / 纳兰泽芸

人们常常将自己周围的环境当作一种免费的商品，任意地糟蹋而不知加以珍惜。

——甘哈曼

周末，带女儿去动物园，看到一只海豹妈妈刚产下一只小海豹，她正用略显疲倦的眼神安详而慈爱地看着自己的小宝宝，然后又抬起头来看看我——那样清澈而无辜的眼神，一瞬间便击中了我！我立即想起了在单位看到的一本香港杂志，杂志上那组人类残忍杀戮海豹的图片，以及海豹母子的眼神：

漫无边际的皑皑白雪上，红得刺眼的血迹拖成了一串串长长的 S 形，S 形的尽头是一只只血肉模糊、刚刚被剥了皮的海豹。

一只怀抱小海豹的海豹母亲，用哀伤而温顺的眼神望着一个人——这个人正在它的头顶，杀气腾腾地高高举起手中尖利的武器。

猎杀者凶残地从吃奶的小海豹嘴里夺走海豹妈妈，再把她肚皮朝天，在惊愕的小海豹面前，划开她的肚子开始剥皮，很快海豹妈妈成了一堆还在蠕动的模糊血肉。小海豹清澈的大眼睛里，满含着恐惧和哀伤的泪水，用一种哀怜得令人心颤的眼神注视着那团血肉，那个刚刚还在给它喂奶的母亲。

猎杀者不会放过出生不久的小海豹,它有着一身尚未褪掉的纯白色绒毛,它们终究难逃一死。那纯白柔滑的皮毛很值钱,那是阔太太们值得炫耀的资本。

那一片白璧无瑕的世界,那是一片白雪天堂,因为人类的屠戮,变成了不忍卒看的血红地狱。

他们正在屠杀的是格陵兰海豹,而格陵兰海豹的同类加勒比僧海豹已经灭绝了,加勒比僧海豹最多时数量曾超过 25 万只,这么庞大的种群在短短几百年间就被人类赶尽杀绝。

可爱的海豹在海水中灵活异常,离开海水时就会笨拙缓慢,人类捕杀它们非常容易。他们也曾尽力讨人类的欢心,海洋公园里,他们顶球、钻圈,以各种优美的身姿搏人们一笑。然而,人类并没有因此而放弃对他们的残忍杀戮。

人类对待动物的残忍由来已久,遑论海豹这种温顺可爱,毫无反抗之力的动物,就连黑熊那样令人生畏的动物,人类都照样残杀不误。记得一年前我买了某牌子的牙膏,里面有熊胆成份,有朋友对我说,以后不要买这种熊胆制品了,当你了解了活取熊胆的过程之后,你就再也不会用熊胆制品了。再说,熊胆也只能起清热解毒的功效,完全可以用中草药代替的,让我们尽一点点力救救可怜的熊吧。

我后来知道活取熊胆是将体型高达两米的黑熊,长年累月囚禁在只有半米高的坚固铁笼中,胸口和肚子上插满可怖的刑具,每天从它的胆里直接抽两次胆汁,要抽好几年,直到它们再无利用价值。

它们伤口溃烂,引流管常常会烂在腹腔里。有些熊无法忍受活抽胆汁的痛苦,想要自杀,却被狭小的铁笼紧紧囚住,除了哀嚎,除了拼命摇头,除了精神错乱,它们别无他法。当它们没有了利用价值被遗弃时,除了只会摇头,目光呆滞地望向天空外,什么也不会了,等待它们的只有死亡。

如今，屠杀海豹的残忍行为已经引起了许多怀有善良之心的人们的关注和抗议，欧盟还通过了一项决议，禁止从那些凶残猎杀海豹的国家进口海豹皮毛、海豹油等制品，这就从源头上掐断了海豹的死亡之路。每年的3月1日，还被定为"国际海豹日"。

海豹皮穿上高贵点、海豹油吃下保健点，熊胆吃下清热点，可是，当它们的眼神抚过你的心时，你就会明白，相比对一个个生命的残酷折磨和剥夺，其实那些所谓的"高贵"又算得了什么呢？

（原载《东西南北》2010年第6期）

没有买卖，就没有杀害。为了一己私利，然后去占有和伤害其他生命，这是人性最丑陋的地方。

第二辑

此心安处是吾乡

我不知道在明天,那片山水之间生存着的人,他们会给我喜讯还是悲伤。但我知道,我永远无法割舍与故乡连接的那条线,即使在闭上双眼时,我成不了故乡山水的一部分,我的灵魂也一直行走在故乡的土地上。

土拨鼠的三重门

文 / 戎装云

> 所谓活着的人,就是不断挑战的人,不断攀登命运险峰的人。
>
> ——雨果

寒风劲吹,大雪纷飞。

当加拿大温哥华的冬季来临时,家住高山之上的土拨鼠就会躲到厚厚的雪层下面铺着干草的深洞之中以应对寒冷的袭击。

其实早在炎炎夏日之时,土拨鼠就开始为平安度过冬天做准备了。它们一天之中很多时间都投入到了大吃特吃的"事业"中去,到深秋其体重可以增加一倍。土拨鼠体内积累的脂肪量将决定它们能否挺过寒冬见到来年温暖的春阳。

为了尽可能地节省能量,冬日深洞中的土拨鼠不仅心跳与呼吸的频率大降,而且还把体温从三十七摄氏度下调到五摄氏度左右。这对于许多恒温动物而言无疑是一种死亡的状态,而事实上在这长达六七个月的冬眠过程中,外表处于安详静止状态的土拨鼠也在不断地与死亡抗争着。

土拨鼠的体重只有四五千克,受限于体形自然无法积聚太多的脂肪,所以必须合理分配科学使用才行。它们体内贮存的褐色脂肪是其冬眠时主要的消耗能量源。这些宝贵的脂肪将优先供应土拨鼠的脑部和心脏等关键部位的能量,这两部分的体温是其他部分的十五倍左右。当远离心脏的四肢一旦被冰冻，褐色脂肪就会迅速释放热量，通过血液流向那里，待危险过去警报解除，热量再回撤到关键部位进行重点保护。

当明媚的春光再次普照在温哥华的高山之上，会有将近一半的幼鼠再也无法睁开眼睛，它们被寒冷生生地夺去了生命。只有那些在整个冬眠过程中消耗量小于储备量的土拨鼠才有可能苏醒过来，这也是它们熬过寒冷而漫长的冬季走向重生的第一道门——冬眠门。

土拨鼠要闯的第二道门是热身门。从静止到运动需要一个热身的过程，土拨鼠体内剩余的脂肪将继续转化成热量向心脏并通过血液加热其最重要的部位，然后逐步向周身扩散。此过程也带有凶险，只要一个环节出现差池土拨鼠的生命之烛就可能随时被无情地熄灭。

土拨鼠要闯的第三道门是挨饿门。虽然已经苏醒，虽然已经可以活动，但毕竟是半年没有吃过东西了，土拨鼠的消化系统还需一个星期左右的时间才能调整到正常工作的状态。"青草蛋糕"就在眼前诱惑着，饥肠辘辘的土拨鼠却无福享用，只有苦苦撑过这生死七日的幸运者才能安全进食从而真正地走出死亡阴影的笼罩。

总有挑战出现在前方，总有考验伴随在路上，因为挑战与考验从来就没有离开过地球上任何一个生命体，而挑战与考验的结束也就意味着生命走向终止。走过"三重门"的土拨鼠，还将在花草繁盛的时节面对来自陆地和空中之天敌的威胁，直到再次躲入雪层之下重走它们的生死"三重门"。

（原载《知识窗》2014年第3期）

生命存在的意义便是一直接受挑战和考验，从而获得生的可能性。生存何其艰难，然后才显珍贵。

万年奇葩叉角羚

文 / 张云广

> 物竞天择,适者生存。
>
> ——达尔文

非牛,非羊,非鹿;一科,一属,一种。哺乳纲偶蹄目的动物中,生活于北美洲西部草原以及荒原等开阔地带的叉角羚无疑是很"奇葩"的一种动物。

叉角羚更为奇葩之处在于,它的双角中间都长有一个向前分叉的小角,这也正是其名字的由来。

自古速度耐力难两全。最高时速可达一百一十五千米的非洲猎豹疾如闪电,却只能维持三分钟左右的奔跑时间,高速跑出三四百米的路程,否则就会"过热死"。非洲野狗虽然擅长远途奔袭,然而其五十五千米的最高时速实在是不值一提。而叉角羚最奇葩之处就在于,它在北美大陆长期而且同时保有速度之王和耐力专家两个荣耀头衔。

出生才几个小时的小叉角羚就已经是奔跑健将了,而出生四天之后的小叉角羚就已经跑得比人还要快。

成年叉角羚个体身长约一点四米,体重约五十千克,最高时速接近或达到一百千米。成年叉角羚可以以七十千米的平均时速连续奔跑十几千米甚至更远的距离而不疲惫,无论是速度与耐力都是美洲狮、猞猁和狼等北美捕食动物所望尘莫及的,堪称一台高效而出色的奔跑机器。

叉角羚曾经的最佳"陪练"是于一万年前便已在地球上绝迹的北美猎豹，为了避免自己丧身于豹爪之下，在与"陪练"一起"赛跑"的四百万年里，叉角羚练就了一身速度与耐力俱佳的好本事并一直保持至今。

叉角羚的速度和耐力主要来自于其"设计合理"的四肢、带有弹性的脊椎、功率强大的心脏和广布于其细胞内部的线粒体。

叉角羚拥有细长而轻健的四肢以及柔韧性极好的脊椎，这让它在跑动时的步幅更具流线型，它全力奔跑时的大部分时间里身体都处于腾空状态，一跃可达六米之遥，而地面只是下一次飞跃的一个跳板。叉角羚的心脏体积是同等体重绵羊的两倍，扩容升级的心脏可以更及时地向血液输入更多的活力之氧，从而保证了狂奔之时呼吸和能量转化的顺畅进行，为此很少看到叉角羚出现如猎豹般奔跑后大喘气的状况。此外，叉角羚细胞内密布着"动力车间"——线粒体，这让其在奔跑之时能量充盈，"电力十足"。

于是，因为在速度上和耐力上的杰出表现，"一羚当先"的叉角羚成为令北美所有捕食者都感到十分自卑的"天才运动员"。

在北美猎豹退出大自然舞台的一万年里，体能似乎有些开发过度的叉角羚并没有因为"失去"了真正意义上的赛跑对手而放慢节拍和放弃"比赛"。事实上，它一直都在进行"一个人的比赛"，始终保持着无与伦比的竞技状态，不断巩固自己在速度与耐力上的优势，遂成为北美大陆乃至整个生物圈中一朵名副其实的万年奇葩。

（原载《知识窗》2014 年第 2 期）

生于忧患，死于安乐。社会中的每一个个体，都该像叉角羚一般时刻保持竞争的状态，才不至于被淘汰。

沙漠勇士食蝗鼠

文 / 戎装云

> 安不忘危,盛比虑衰。
>
> ——《汉书》

神色慌张,行踪诡秘,在隐蔽的洞口处作探头探脑状的鼠类向来被视作胆怯之物,于是有了"胆小如鼠""首鼠两端"和"抱头鼠窜"等成语的出现。然而,英勇善战绝不退缩地把蜈蚣、蝎子等占据体长优势的凶猛"老毒物"视作腹中美餐的食蝗鼠无疑颠覆了人们这一普遍而常规的认识。

食蝗鼠生活在北美洲索诺兰沙漠中。成年食蝗鼠体重 40 克至 60 克,腹部覆盖着白色的短毛,其余部分则为灰色或浅棕色,耳朵为圆形,四肢短小,爪子呈超萌的粉红色。乍一看与仓鼠有几分相似,让你很难想象出其作战时全身爆发出来的惊人实力。

虽然食蝗鼠反应机敏有很强的反捕获能力,但还是常常昼伏夜出,以避开白天响尾蛇的可怕跟踪以及空中六七只集群作战的哈里斯鹰的空中打击,夜间的索诺兰沙漠才是食蝗鼠出来活动并表演捕杀绝技的舞台。

与许多杂食性鼠类动物不同,食蝗鼠偏爱肉食,而且只捕活物拒吃腐尸。食蝗鼠肌肉强健有力适合发动猛攻,长爪子适合按住猎物,而尖利的牙齿则能够把猎物快速撕裂。相较于近身袭击蝗虫和蟋蟀的轻松,食蝗鼠若是与蜈蚣、蝎子等大凶之物狭路相逢时整场战斗便会打得激烈得多。

剧毒大蜈蚣长着一个假头以迷惑对方,但头上翘起的螯刺就是两个注射毒液的大毒针。面对这让人不寒而栗的"双头怪",食蝗鼠毫不犹豫地看准时机杀将过去,几番利索的腾跃和闪电式攻击之后就可以将大蜈蚣制服。整个过程食蝗鼠不时遭到螯刺袭击而尖叫连连,打斗场面惊心动魄。

食蝗鼠大战黑蝎子时的场面同样异常精彩,黑蝎子号称世界上毒性最强的毒蝎之一,人类若是被其蛰咬会有生命之忧。但食蝗鼠自有应对之策,只见它一个漂亮的腾挪跳到黑蝎子尾部毒刺的正后方,这里是黑蝎子的进攻盲区,然后对黑蝎子的尾部一阵猛烈地撕咬,很快就能将对方的利器撕碎。失去"法宝"的黑蝎子瞬间陷入了被动的局面,食蝗鼠则愈战越勇,以迅雷之势准确打击黑蝎子的头部并将其头部咬下,然后就可以把猎物拖回洞穴喂养小鼠了。当然,在战斗时被黑蝎子的毒刺击中也是常有之事,但身体对蝎毒具有免疫力的食蝗鼠却并不会因此而放慢进攻的节奏,直到取得最后的胜利。

值得一提的是,我们的食蝗鼠的叫声也并非一般鼠类发出的吱吱声,而是如狼嚎般远传扩散型的声音。食蝗鼠常在地上立直身子对着月亮仰头而叫,颇有几分强者风范。

五月天在歌曲《倔强》中唱道,"我不怕千万人阻挡,只怕自己投降。"是的,真正能够阻挡自己的只有自己。正所谓狭路相逢勇者胜,只有自己勇于战斗才有可能坚持到底赢得战斗。就这样,靠着这种无畏的战斗精神,小小的食蝗鼠在漆黑之夜大秀擒拿神技并主演了一个又一个惊险类的动作短片,遂跻身于索诺兰沙漠明星勇士之列。

(原载《意林 12+》2015 年第 2 期)

生存是艰难的,这些动物给我们的启示不仅仅是生存观,还有面对危险的智慧。

匍匐前进的鱼

文 / 云之峰

强烈的信仰会赢取坚强的人,然后又使他们更坚强。

——华特·贝基霍

在印度尼西亚北苏拉威西岛和蓝碧岛之间有一条长约十五千米、宽约两千米的海峡,其名曰蓝碧海峡。蓝碧海峡为火山岩地形,海底多为火山泥成分的山地,在此生活着十分丰富的生物物种,其中一些物种为此海域所独有,比如一种生来就不会游泳的鱼——蓝碧绒鮋。

蓝碧绒鮋俗称老虎鱼,是一种名副其实的"奇葩鱼"。

蓝碧绒鮋的奇葩之处首先在于,它虽然长有鱼的外部形状和结构,但体表却没有覆盖着寻常鱼类那种鲜亮的鳞片,而是长有许多密集的骨粒状小突起,样子看起来很是怪异。

蓝碧绒鮋更为奇葩之处在于,它和鲨鱼一样,体内都没有通过改变体积大小来改变"鱼体"自身平均密度进而调节上浮或下沉深度的鱼鳔。不过,鲨鱼长有发达的肌肉,能够以灵活的身体运动并配合尾鳍像船橹那般向前推进,而且鲨鱼的肝脏内储藏有低密度油状液体——鲨烯,此种油状液体也可以在一定程度上起到替代鱼鳔的浮沉作用,只是这些都是蓝碧绒鮋所不具备的。

于是,我们看到了世界上最奇葩的鱼的最奇葩之处——蓝碧绒鮋只能在海底砂层上借助鱼鳍的力量一路摇晃不定地匍匐前行，成了真正意义上不会游水更与"海阔凭鱼跃"之畅游境界无缘的鱼，严重偏离了我们对"得水之鱼"的常规认识。

需要说明的是，虽然蓝碧绒鱿并不具备自由游动的能力，但它长有一张大嘴，当有浮游生物从它眼前经过时，它会不失时机地张开嘴巴瞬间在嘴内就形成了一个低压区，那些小生物自然会顺着水流被"邀请"到它的腹中。

没有鱼鳞没关系，没有鱼鳔又何妨，不会游泳同样也不算是什么大不了的事情！蓝碧绒鱿用自己的"奇葩"表现和生存哲学启示我们：只要不抛弃生存的信念，只要不放弃前进的努力，哪怕只是一路艰难地匍匐而行，也一定能匍匐出一片属于自己的天地！

（原载《知识窗》2015 年第 3 期）

> 这些鱼儿都尚且知道坚持的道理，何况我们人类呢？生命是坚韧的，坚韧之处便是可以长久坚持，我们是不是应该像鱼一般坚韧执着？

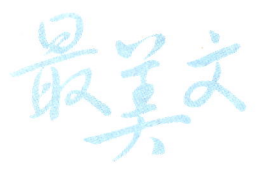

树上掉下个眼镜熊

文 / 张甜润

> 真理的大海,让未发现的一切事物躺卧在我的眼前,任我去探寻。
>
> ——牛顿

试问,除了熊猫之外地球生物圈内还有其他酷爱竹子的熊吗?答案是肯定的,它就是只有在南美洲才能寻到其"绿野仙踪"的神秘动物——眼镜熊。

眼镜熊又名安第斯熊,生活在南美洲西部的委内瑞拉、厄瓜多尔、哥伦比亚等地,它也是在南美洲生存的唯一的一种熊。眼镜熊的大部分体毛为黑色,只有脸部以及前胸处有白色体毛分布,因为其眼睛周边有一对酷似眼镜一样的圈纹而得名。

作为和大熊猫一样的第一批进化而来的熊,眼镜熊也是现存与大熊猫亲缘关系最为紧密的熊科动物。二者有着不少相似之处,比如都长着强劲有力的上下颚,都偏向于植食。

在熊家族中母眼镜熊对幼熊的生活照料堪称是格外上心的,母熊每次一般只产一到两只幼崽,而在幼熊生长的前三年里,母熊会一直相伴左右。小眼镜熊刚出生时只有三百多克的重量,大约四十二天后才会睁开眼睛,三个月后才能走出洞穴跟随母亲外出活动。在这三个月的时间里,母熊的照料可谓是无微不至,即使是幼熊下面的草垫也要每日一换以尽可能地保持居室的整洁干净。

眼镜熊的爪子具有极强的抓附树皮的能力，这让它把活动范围扩大到树上。除了竹子之外，附生于树上的凤梨科植物也是眼镜熊喜欢的点心。与平时无微不至的照顾不同，外出时的母熊并不会把大部分的精力用在孩子身上，攀爬技能高超的它会把更多的目光锁定在树上的美味上。然而，对于"初出茅庐"的幼熊而言，尽管"装备"了如钩的熊爪，但爬树还真不是一件容易的事情。要领不精通，动作不专业，常常是一个不小心一声脆响伴随一阵哀号，幼熊就这样跌在了地上，甚至还可能祸不单行地震落一块石头砸到自己身上。

面对爬树受挫的幼熊，母熊迅速来到孩子身边进行一番抚慰，但一般情况下也仅仅是抚慰一下而已。之后母熊继续觅食美味，而幼熊则重新振作起来继续爬树，继续摔下，直到经过 N 次摔打之后，成为一名可以爬到十米高的树上并能轻松灵活地从一棵树爬到另一棵树的攀爬高手。

树上掉下个眼镜熊，明知道上树有风险仍然对幼熊攀援不加关注的母熊似乎有些照管不周，其实不然，因为对子女的照料和子女本领的锻炼是两码不同的事情。

树上掉下个眼镜熊，"掉下"也是个体成长、成熟并走向成功的一个不可逾越的过程，因为总有一些经验需要在失败中摸索和积累，总有一些技能需要在挫折中培养和提升。

（原载《知识窗》（教师版）2014 年第 10 期）

生命的过程是不断寻找探索和发现的过程，许多生存的技能就是这样形成的。千奇百怪的技能，千奇百怪的生命，构筑了自然界的繁盛。

眼镜王蛇的王者之路

文/张振民

胜者为王，败者为寇。

——谚语

眼镜王蛇，蛇如其名，身长可达五米多甚至更长，号称世界上体形最大的毒蛇，是蛇家族中地位不可撼动的至尊王者。

虽然眼镜王蛇偶尔也捕获蜥蜴、小鸟等动物，但它最喜爱的食物还是其他蛇类，比如捕食鼠类的锦蛇、比如毒性极强的银环蛇。为此，许多在眼镜王蛇势力范围内生存的动物常常会选择在夜间眼镜王蛇处于休息状态时才敢出来觅食活动，就连大象遇上眼镜王蛇都常常会绕道而行。

眼镜王蛇凶狠霸道，但雌蛇对蛇卵的看护工作还是十分用心的。眼镜王蛇是地球上唯一一种会筑巢的蛇，交配前后的雌蛇会用枯树叶修造起一个高约一米的小丘，既防水又保温，然后将二十至四十枚卵产于其中。

蛇卵的孵化期为三个月，在这三个月内，雌蛇会不吃不喝一直守候在巢穴附近负责"保安"事务，直到小蛇们一个个出世才选择离开。

小蛇们自破壳而出的那一刻起就开始了"一条蛇的战斗"，它们必须学会在各种恶劣环境下独立生存和应对各种挑战的本领。不能被天上的猛禽（如鹰雕）抓住，不能被地上的猛兽（如獴）擒获，不能被其他种类甚至同类的蛇吞入腹中，与此同时还必须捕到足够的食物否则就会活活地饿死从而退出竞争的序列。

一路"爬"来，二十条小蛇当中一般只有一两条有幸成功地活到成年。即便是活到成年，也不能保证其安全问题能得到彻底地解决。两蛇相逢强者胜，败者若不能及时逃离决斗现场很可能会有生命危险，特别是双方实力差距较大的情况下。

原来，有着王者光环、令其他动物闻风丧胆的眼镜王蛇并不像我们想象中那样活得毫无忌惮，过得优雅轻松，其威风八面的背后是在其出生之后过着相当长一段时间的危机重重、朝不保夕的生活。

事实上，不止是眼镜王蛇，许多被人类视为强悍形象的动物在其成长之路上都不是一帆风顺的。北美红尾鹰很少有能撑过两个年头的，大部分都在飞行时坠崖摔死；生活在澳洲卡卡度公园的湾鳄更是一百条中几乎只有一条能够活到成年……

在严酷的自然法则之下，没有任何动物生来就可以坐享其成做"衣食无忧的二代"，即使是强大如眼镜王蛇、红尾鹰和湾鳄，在其登顶之前也要付出巨大的努力，也要面对诸多的考验，甚至生死考验。

荣耀在前方，挑战在路上，既然选择了出发就不惧接下来的艰难险阻，这就是眼镜王蛇们的王者之路，这就是眼镜王蛇们的王者宣言。

（原载《初中生学习》（低）2013年第10期）

我们在路上要一直接受挑战和洗礼，才能赢得荣耀和光环。

王者，才有资格被膜拜。

此心安处是吾乡

文 / 叶浅韵

昔我往矣，杨柳依依；今我来思，雨雪霏霏。

——《诗经·小雅》

每一方山水都有自己独特的走势，依偎在这种地脉中长大的人也就有了自己独特的禀赋。在同一方山水中孕育出来的人们除了血脉相连的亲情，一定还有许多剪不断的乡情。而这些情怀，只有远离故乡才有被检阅的机会。

我在离故乡不远的小城里居住，我的存在，成了故乡的人从村庄通往城市的一个驿站，更或许是一个桥梁。无论是孩子上学、老人看病，还是借钱、购物、托人办事。因为有我，他们就觉得与这个城市的关系不至于那么陌生，尽管有时我显得那么力不从心。

因为他们一直对我寄予着的种种希望，有时，我就特别害怕自己对不住故乡的山水，所以一直保持手机昼夜开通的习惯。我曾在深夜的电话里听到鸡鸣狗叫的声音，及时知道村庄失火的消息，用最快的速度把车开到家里，与父老们一起面对着可怕的灾难。以至于我对一些信息有了免疫的能力，陌生的号码打进来，早早的电话，深夜的电话，我都保持着高度的敏感。那一定不是让我难过就是让我耗费精力的事情。

这些年，我习惯了，习惯了把自己当成一头耕牛，艰难地行走在故乡贫瘠的土地上。

我知道自己只是不小心成了游离在故乡怀抱的人，故乡的山水草木，故乡的亲人邻里，就成了梦里别样的画卷。

在男人们忙着寻根问底时，女人对于故乡的概念像一根水草，根基不稳地守望着故乡。当我在祖先的墓碑上看清自己的来路时，我却成了不能走在这条路上的人。即使后来我坚定地走向一座桥，我也必须不时地回望着那条路。

在异乡的时间长了，就如寄生在某种植物身上的另一种植物，自然或是不自然地生长在一起。一旦有朝一日回到自己的故乡，可匆匆几日却又逃离了故乡的怀抱。仿佛故乡只适合存在梦境里。

可以割裂故乡的景物，而对于故乡的人，无论我梦着还是醒着，几个数字之后的铃声，再有一辆从故乡通向城市的班车，我的全身就必须投进故乡的怀抱。

明知道有些债从借出的那一天开始就知道它打了水漂，有些人明明就是落井下石的小人，而心中留存的那份情，却容不得我拒绝。我忍不住要伸出手去，不，我恨我不能长出千手。

夫取笑我说，我不是强大的美利坚合众国，却要充当世界警察。也不是千手观音，救不了人间苦难，更不是玛莉娅、特雷莎修女。其实，我知道我是那么渺小，常在心力不足之间抱愧不止，而我却拒绝不了，忍受不得。

在疲惫乏累的夜里，梦是一片沉睡的海平面，这时，我忘记了故乡的一切。我梦见清澈的小溪，静静地、轻轻地淙淙向前行走着。醒来，想起苏轼的那首词："试问岭南应不好？却道：此心安处是吾乡。"

我不知道在明天，那片山水之间生存着的人，他们会给我喜讯还是

悲伤。但我知道,我永远无法割舍与故乡连接的那条线,即使在闭上双眼时,我成不了故乡山水的一部分,我的灵魂也一直行走在故乡的土地上。

(原载《语文报》2014年第33期)

故乡的一切都映在我的脑海里,那停滞的云、流动的风,故乡的一草一木,都是我永恒的记忆。总是在梦里看到自己走在归乡路上,而你站在夕阳下面容颜娇艳。

启文巷记

文 / 春光

江南佳丽地，山水旧难名。

——孟浩然

在千阳县城的北端，有一条东西走向的百年老巷——启文巷。这座城池自明代嘉靖二十七年（1548年），由眉县县令王实命率凤翔府属7县民夫历时11个月建成后，就奠定了这条巷子的基本轮廓。

她的命名也是一位历史贤达的馈赠。清道光十七年（1837年），云南景东县举人罗曰璧在出任千阳县令7年后，用自己的养廉金，在县城东北角察院旧址上创办了启文书院，这条巷子因此而得名。"文革"期间，有人将这所学校和这条巷子改名为"工农"，后来，在人们约定俗成中还是被"启文"所代替，一直沿用至今。我想，启蒙教育，传承文明的文化底蕴是人们接受她的根本原因。

启文巷是县城的一条筋骨，如果说，由北向南的西城巷、药王洞巷、水桥巷、雪白巷、东城巷像五指一样把县城的建筑物分成了方块，那么，启文巷就是连接五指的手掌。在我担任街巷路长期间，我和同事们逐户进行家访调查时，惊讶地发现，这里藏着一个丰富的世界，博大精深，可以说是一个小社会的缩影。

大小家属楼14栋，420多户，加上"坑坑院"的公房，还有那院套

院,曲径通幽的老宅,这里居然居住着1600多人。每天早晨起来,去启文小学上学的学生、送学生的家长,在这里汇成了彩色的河流,充溢巷道在慢慢涌动。卖豆腐的、卖蔬菜的、卖酱油醋的、换煤气罐的、收破烂的、起刀磨剪子的,从早到晚喊声不断,一种浓厚的生活气息扑面而来。那些从家属楼里走出来的老太太们,受不了单元门一闭与世隔绝的冷漠,她们三五成群,坐在巷子的树荫下、沿石边,谈古论今,说儿道女,显得舒心和惬意。

我在启文巷已经住了13年,起初住在启文巷和水桥巷交汇处的19号家属楼上,因为那幢楼的外墙是黄颜色的,人们习惯上称其为黄楼。后来,我搬到启文巷12号,住在政府家属楼里,这里是启文巷的中段。我们的西隔壁是民房,住着许多农户人家,院里的核桃树、门口的桐树枝冠如云。春夏季节,桐花的絮子就会落到我们的院子里。盛夏的时候,知了藏在浓荫里一声接一声地鸣叫,把季节的提醒不厌其烦地告诉人们。

每当我揉着惺忪的睡眼,在晨曦中醒来时,第一声听到的便是小鸟的啁啾和欢快的歌唱。每当烈日当空之时,绿荫给人们遮盖出一块凉爽之地,微风摇曳着,在地上投下斑驳的影子,孩子们在树荫下玩耍,农村人在树荫下卖桃卖杏,闲人们在树荫下画一个"方"就盯起来,全神贯注,好像地震发生了他们也不离开似的。

深夜里,启文巷静悄悄,月儿挂在淡蓝色的天幕上,把她无穷无尽的银光洒满大地,月色如银、月色如水、月色如梦、月色如幻,踏着月迹回家,走在熟悉温馨的巷道里,就像走进童话般的境界里,充满诗情画意,我感到这也是一种别人难以体味的享受。我放慢了脚步,尽情陶醉在这静谧安详的世界里。我的思绪万千,解读这时光的印痕,令人感慨不已。

这条已经拥有196年高龄的老巷,她见证了几个朝代的风风雨雨、无数代人的悲欢离合,她承载着历史前进的步伐,留存着时代的烙印和痕迹,日复一日,年复一年,把平凡的日子一天一天推向前进。当我走进古色古香的民宅楼门时，我看到的是被岁月的流水磨洗得光滑明亮的青石条和石狮、石鼓和那门楣上已经褪色的木匾。踏步石条逢里生长出的野草却那么青嫩，洋溢着一种旺盛的生命力，使人为之一震。高高的砖房和那木雕讲究的花饰，足以显示出主人往日的辉煌和阔绰。抬头仰视鸟兽屋脊的房顶，只见尘封的灰瓦几乎没有了沟槽，却长出一片高高的瓦松，给人一种苍凉之感。时光挡不住，毕竟东流去，陈腐总会被鲜活所取代。

生活在启文巷的人形形色色，三教九流，干什么的都有，有农民、有工人、有干部、有学生、有商人、有演员、有鞋匠、有铁匠，他们每人在各自的轨道上前行，每天都显得忙忙碌碌。走到巷子里碰上面打个招呼，微微一笑就过去了，一旦到了别的地方碰见巷子的人就像见到乡党那么亲热，甚至有点可以两肋插刀之势，令人感动。

启文巷是千阳人繁衍生息的一方热土，每年总要娶进来几位新媳妇，那炸响的鞭炮，喜气洋洋的红色，闹新房时的喜庆气氛，欢快的音乐营造出的那种热闹，成为人们饭后茶余谈论的热门话题和感慨人生的由头。

偶尔，睡到半夜里，听到一群男女悲伤的哭声，人们不用问就知道又有一位老人归西了。声情并茂的唢呐非常委婉地诉说着后裔对亡灵的深情怀念，诉说着他生前的种种恩德和造化。老巷住的老户很多，高龄老人也相应比较密集，每年在春夏季节交替的时候，人们怀着惋惜的心情，隔三岔五，就看到一个去世的老人被装进漆黑的棺材里抬出了启文巷，再也不见他回来了，再也听不到的笑声和咳嗽声了。

尽管，后人抱着他的遗像，按照当地的风俗叫着他的灵魂把他的牌位迎回家供奉，但是，终究不能和他交流。有的人便留下了终生的遗憾，老人在世时，他们舍不得给老人花钱，只是把自己的孩子当皇上伺候。当他们到了知道孝敬老人的年龄时，老人已经从这条巷子里永远地走了，这种遗憾是没有办法弥补的。

地名的流传不仅在于起名字的人，更重要的在于社会的认同和人们的约定俗成。据《千阳县志》记载："北街以水桥巷分界，东曰启文巷，西曰儒林巷。"我在千阳县城已经生活了34年，在我的记忆里，在人们的日常的生活中，没有人再提起"儒林"的称谓，这一条巷子多年来一直被人们通称为启文巷。

她的东端连接的是东河沟，这是一条由北向南穿城而过的沟壑，东门口的安乐桥数百年来方便了一代又一代行人，这是一座完全用石条凿卯套成的拱桥，没有用一点水泥和灰浆。后来，随着城市的发展，东河沟的下游被流沙覆盖，也许，在若干年后，人们就不知道，那里曾经还有沟壑。

东河沟的上游向北延伸而去，小溪潺潺，绿荫满沟，特别是那股从龙嘴里流出来的泉水，晶莹剔透，清澈甘甜，被人们誉为圣水。清早和傍晚，城里的人拎着装过菜油的方形或扁形的塑料桶，从启文巷向东，沿着树林里弯曲的小路进沟去提泉水。我们巷子的一个勤快的小伙子，还用棍子挑着两个白色的桶去挑水，忽忽悠悠，使人想起李彦贵卖水的场景。

巷子的人说，自来水虽然方便，但是，那个漂白粉味实在不好喝，泉水清凉甘美，是矿泉水、纯净水无法比拟的。听说用这种泉水熬的稀饭不但好喝，而且还有健胃和帮助消化的功效，人就会比以前吃得多了。从前，人们常为吃不饱，经常肚子饥饿发愁，以至于见面第一句就问："吃了没？"现在，多数人成天肚子胀，不想吃，能帮助他们多吃的泉水就成了他们的至爱，启文巷的人有他们自己的活法和乐趣。

2004年，对于启文巷来说，是一个值得纪念的年份。这一年，县上为居民修建了下水道，用水泥把巷子硬化了。平展展的巷道，就是大雨倾盆，脚上也不会有泥泞的烦扰。巷子的两旁栽植了女贞树，成为两道美丽的风景线，可以想象在不远的将来，这里又是一条环境优雅舒适的绿色通道，更多的鸟儿会飞到这里来栖息和聚会，与人类和谐共处。变革会带来新的生机。

从这一年的5月15日开始，到6月7日结束，县委机关从东大街12

号整体迁移到启文巷 2 号办公，更使这里人气旺盛，车水马龙，充满时代活力。启文巷的西端原来连接的是西城巷，现在，什坊街拓宽由南向北一直延伸到这里，西城巷成为昔日的黄花，已不复存在。新建的街道宽敞平整，人有步行街，车有专用道，城市的脉络更加清晰。这里的花坛、路灯、草坪式样新颖、布局合理，郁郁葱葱，雪松如云，花香四飘。到体育场的仿汉白玉踏步围栏体现了一种浓郁的文化品位和审美情趣。

启文巷变得越来越美了，她是一块肥沃的根基，是一个风土美、人情美、绿化美的放射源。如果说，她是一部将近 200 页的历史画卷，那么，时势又揭开了她崭新的一页，使她以更加妩媚动人的风姿，为千阳这座小县城增光添彩。

（原载《语文周报》2014 年第 12 期）

江南小镇的美色不仅仅在于它们自身，更在于无数旅行者心中的毕生描绘。

犟松

文 / 林振宇

何当凌云霄，直上数千尺。

——李白

生命的树种被风吹落了，有的落在平坦、肥沃的泥土里；有的落在山坡树林间；有的不幸落在险崖峭壁的石缝中，谁也无法选择。

落在平坦、肥沃泥土里的树种，沐浴着充足的阳光、雨露，茁壮生长着；落在山坡树林间的树种，虽没有前者环境优越，但也长得顺当；而落在石缝中的树种就没有那么幸运了，恶劣的环境让它几乎窒息，但它还是顽强地活了过来。由于缺肥少光，生长缓慢，十年过去了，居然变化不大。

又过了十年。

这时候，它的同伴们已经长成了参天大树，挺拔、伟岸，而它才从石缝里斜斜地挺出头来，柔柔弱弱的样子，刻着先天不足的烙印。

所有的不幸，它都默默地承受；所有的苦难，它都化作内在的斗志。它太犟了，不肯向命运低头，也不屑于自己外表的瘦小和同伴们的嘲弄，紧紧地抓住泥土，把身子斜向上伸出来。因为它知道，如果生存环境无法改变，那么只能改变自己。它以无法想象的坚韧和命运顽强、持久地抗争着……

转眼已是百年。

有一天，山里突然来了一群游客，他们被险崖峭壁的石缝中斜伸出来的奇松吸引住了，虽然它只有碗口那么粗。导游小姐提醒大家，这棵松树已经在那里生长一百年了，当地人给它起了个名字叫"犟松"。游客们听了叹为观止，站在犟松面前，不由产生一种对生命的敬畏之情。

这是怎样的一棵树啊！在石缝里，历经百年风雨，硬是挺立出来，还长成了一道奇绝、瑰丽的风景。然而这背后，有谁知道它到底经历了多少世象沧桑啊！

犟松，你像一位世纪老人一样站在那里，虽然什么也没说，却告诉了人们应该以怎样的姿态活着。

（原载《考试报》2015 年第 3 期）

大雪压青松，青松挺且直；要知松高洁，待到雪化时。生命的坚韧顽强来源于内心对生的渴望。

会走路的植物

文 / 瞿幼芳

> 在世界上出人头地的人,都能够主动寻找他们要的时势,若找不到,他们就自己创造出来。
>
> ——萧伯纳

常言道:树挪死,人挪活。可是大千世界,无奇不有,这世界上就有不怕死的植物,不但会走,而且活得还很滋润呢。苏醒树和步行仙人掌就是典型的代表。

苏醒树,生长在美国东部和西部地区,生物学家经研究发现,它的行动和土壤中的水分含量有关。当土壤中有足够的水分时,它便扎根土壤,长得郁郁葱葱,枝繁叶茂。但一旦天气干旱,土壤缺水时,它就会自动把根从土壤中抽出来,形成一个球状体,任凭风吹来吹去,当吹到有水的地方时,它又重新将根插入土中,重新生活,又长得非常茂盛。

这种苏醒树是有灵性有感应的植物,它能不断适应周边的环境,比一般的植物都要高级。它还能有意识地控制自己的身体从而帮助自己更好地生存,虽然不能像人类一样改变环境,但它能让自己找到所需的环境并在那里生活下来,简直就是植物中的奇迹!

据传,在神秘的羽族部落,苏醒树的树液还被用于制作出征统帅所穿的祈福胸甲上的薄盾片。在将事先制作好的木盾片完全去除水分后,秘术师们将其完全浸入苏醒树的汁液中,然后晾干,加持上明月系的祈福秘术。七浸七晾之后,轻薄小巧的胸甲片便会覆盖上一层坚硬的半透明的白色玉质层，在夜里会发出淡淡的白色荧光。传说，这种祈福胸甲通常为统帅出征时提前三天佩戴。如若胸甲片颜色清明，则象征着凯旋；颜色黑浊，则象征着战事不利，需要更换主帅。事实上这种传说并非毫无依据，据羽族的御医检测，这层玉质层能检验人的健康程度，颜色重浊则表明主帅身体不适，不宜出征，更换主帅也在情理之中。

苏醒树生长起来后，缩卷身体，沉睡；又张开身体，苏醒。但是在这个不断进化自己的过程中，苏醒树总是努力使自己重生，这也是它名字的由来。

同样在南美洲秘鲁的沙漠中，有一种自己能徒步行走的植物——步行仙人掌。这种仙人掌能将自己的根系当成腿和脚，慢慢地向别处行走。

步行仙人掌的根是由一些软刺构成的，能随风在地面上移动，随遇而安。沙漠本来荒凉贫瘠，缺少水分，这种仙人掌为了觅取自身需要的水分和养料，以便维持生命，当在某一地区生活不下去的时候，只好随风一步一步地移动，当遇到适宜的生活条件时，便停下来。用它那些软刺构成的根，吸取水分"安营扎寨"，继续生长。步行仙人掌需要的营养大部分是从空气里吸取的，故能短时间离土而不死。

苏醒树和步行仙人掌是植物中的天才，当扎根的土壤不能再维持生命时，它们便毅然离开，去寻找更为适宜的土壤。

在我们的周围，也有一些人，整天抱怨环境的不如意，但他们又鼓不起勇气开创新的生活，对过去的眷恋总会成为往前走的障碍。既然过着混日子的生活，不如向苏醒树和步行仙人掌学习，去广阔天地寻找更为适合自己的环境。

（原载《初中生学习》（高）2014年第10期）

学会变通，学会随遇而安，就像一株生命倔强的草，虽然微小，但不可被藐视。

蝮蛇的智慧

文 / 思想者

君子藏器于身，待时而动。

——佚名

在我国辽东半岛的西南端，渤海海峡的北面，有一座高不过二百多米，方圆不到一平方公里的孤岛。那里生活着数以万计的蝮蛇，这就是世界上著名的蛇岛。

据专家考证，早在数百万年前，这座蛇岛其实是和大陆连在一起的，岛上不仅有毒蛇——蝮蛇，还有无毒的蛇。由于地质变迁，它与大陆断离而成为一个四周被海水围困的孤岛。由于那里没有常年的积水，因此也不会有蛇类通常吃的食物——鱼和蛙。摆在蛇类面前的只有两个选择，要么等着挨饿，要么改吃别的食物。面对残酷的生存竞争，无毒蛇渐渐地被淘汰，而蝮蛇却顽强地存活下来，这究竟是为什么呢？

原来，对蛇类来说，唯一的食物是从天上飞来的小鸟。这小鸟也并非常有，一年只有两次机会，一次是候鸟北归的五月，一次是九月和十月上旬，候鸟南迁的时候，它们将在岛上做短暂的停留。

可是，小鸟善飞，捕捉也并非易事。无毒蛇没有特殊的办法和利器，即便机遇来了，它们也是干着急，让机遇白白地从身边溜过，等待它们的只能是挨饿和被命运淘汰。

而蝮蛇却不同了，它有两种先进的捕食工具——毒牙和颊窝。毒牙是一种中空的"小刺"，类似特细的注射针头。当蛇张口咬食物时，肌肉随着收缩，就把毒液灌注到捕获物中去，很快杀死小鸟。颊窝是长在蛇的鼻孔两侧的凹陷，对温度非常敏感，相当于一个热测位器，能够分辨物体的差异和它的方位。虽然蝮蛇具备了捕鸟的先天条件，但是，如果不借助智慧的力量也是枉然。那么，它是怎么做的呢？

如前所述，蝮蛇一年中只有两次进食的机会，在候鸟没来的这段时间，它们只能耐心地等待。这个过程或许很漫长、很无奈，但是，只要耐得住寂寞，哪怕是忍饥挨饿也要挺住，那么机遇终将到来。

当五月春回大地，候鸟从南方成群北归，它们路经蛇岛，便在此地歇息。蝮蛇终于等到了这次难得的机会，它们弯弯曲曲地趴在向外伸展的树枝上，前端留出一段枝头，把自己伪装成树枝模样，然后一动不动地待在那里，专等哪只小鸟偶然落在枝头，蛇身立即伸直，蛇头如弹丸一样迅速地袭击小鸟，往往百发百中。饱餐后的蝮蛇要想再次进食，就得等到候鸟南迁的时候了。就这样，年深日久，蝮蛇逐渐地适应了蛇岛的生存环境，最终繁盛起来。

聪明的蝮蛇启迪我们：机遇是公平的，但这并不意味着每个人都能抓住它。机遇是只给有能力、有智慧的人准备的，倘若不具备一定的能力，则会与机遇失之交臂，那么这机遇就不属于你，机遇也要靠智慧去争取。当机遇未到之时，要学会等待，学会韬光养晦，容常人所不能容，忍常人所不能忍，才能厚积薄发；当机遇降临之时，不能徘徊张望、坐失良机，而是要全力以赴、迅速地抓住它，你才能因此而改变命运，成就美好的未来。

（原载《语文报》2014年第22期）

当机会呈现在眼前时，若能牢牢掌握，十之八九都可以获得成功；而能克服偶发事件，并且替自己找寻机会的人，更可以百分之百地获得胜利。

第三辑

最谦卑的姿态

　　从大自然和先哲给我们的启示中，我们也应该明白，低头是一种最谦卑的姿态。它绝不是一种单纯的示弱，而是一种力量的蓄积。愿我们有稻穗的胸怀，胸中装满沉沉的智慧；愿我们做一颗弯腰的树，能抵御更多的风雨雷电；愿我们可以像企鹅妈妈低头路过，那样我们不仅能避免外界的伤害，还能看清脚下的道路，不受坎坷流离之苦。

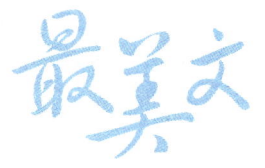

龟的信念

文 / 王万龙

耐心是一切聪明才智的基础。

——柏拉图

几乎每个人都听过关于"龟兔赛跑"的故事，并且，在熟知者的印象中，乌龟和蜗牛同属一类，速度极慢。要想与兔子这类靠速度吃饭的动物赛跑，不取巧，不碰运气是绝对不可能胜出的。

另外，从古至今，龟这个词一直都让人缺少好感，缩头、怯懦，仿佛都是它的天性。从出生就懒洋洋地安躺在这个苍茫的尘世中，浑浑而来，又浑浑而去。一生庸庸碌碌，无所作为。唯一让人可羡之处，就是寿命比较冗长。

我一直在思考一个问题，在错综复杂的自然食物链中，为何就不曾见有龟类的天敌？或是听说某种动物，喜食龟类。难道它们真已凭借着厚重坚实的外壳，逍遥地逃出了自然的生存法则？

为此，我翻阅了许多书籍，因为这个与我生活毫无关联，又无伤大雅的问题，着实困扰了我多时。甚至，让我偶然寝食难安。

龟的种类实在太多，我所能了解最为全面的，莫过于海龟。他们常年蛰伏于深海之中，只有到交配的季节才会懒洋洋地浮上海面，进行一到两小时的交配。交配完成后，雄海龟再度回归深海，而雌海龟却要艰难地等待产卵时节，游弋靠岸，将成熟的卵全部埋入事先挖好的沙坑内。

至此，一位母亲的使命算是圆满完成了，剩下的，只能靠那些还未步入海洋的小海龟了。在我还来不及埋怨这些狠心的母亲时，小海龟们已经探头而出了。那些在沙滩上等待，或是潜伏了许久的"杀手"，也已俨然久候多时。

在与海洋仅为咫尺的距离里，爬满了密密麻麻的小海龟，他们刚出生，就一心只想潜入茫茫大海。

秃鹫，蜥蜴，甚至螃蟹等动物都已站好位置，匆忙将这些刚入尘世的小生命塞进口中，作为最易得来的美食。

温软的沙滩上，这些小生命在逐一消失。即便是到了如此生死存亡的时刻，它们也仅能依靠自己那双笨拙的鳍，不顾一切地向前匍匐。速度依旧缓慢，却从未怀疑过对迈出每一步所做的努力。

近在眼前的距离，对于它们来说，真是遥隔万里。它们完全可以躲藏，可以认命，由此，不让那些"捕杀者"用自己的性命来肆意制造血案。可这样一来，它们就动摇了自己与生俱来的信念。

估计你们和我一样，都在为这些无辜而又倔强的小生命叹息。不得不承认，我们在内心震撼的同时，正为从前的不明所以，还给予它们讥笑而惭愧。

在成万上亿年的时间里，它们从未更改过自己步入海洋的生存方式，这是何等的勇敢与坦然。正是这样一种执着的信念，才让它们的生命在时光的长河中得以延续，并让我们更加清楚地与之比较，以便进行关于信念的最彻底的反思。

（原载《考试报》2014年第28期）

能够到达金字塔顶端的，除了雄鹰还有蜗牛。坚持自己的路，并且不放弃，虽然走得慢，但终会到达。

最谦卑的姿态

文 / 大彩

> 伟大的人是绝不会滥用他们的优点的,他们看出他们超过别人的地方,并且意识到这一点,然而绝不会因此就不谦虚。他们的过人之处愈多,他们愈认识到他们的不足。
>
> ——卢梭

秋天的田野里,漫步在金色的稻田边上,秋风飒然而过,沉甸甸的稻穗谦虚地低下头,随风轻轻摆动,发出沙沙的声音。也有高昂着头颅的几枝稻穗,招摇地站在哪里,那么显摆那么不合时宜,我知道它们是胸中无物的秕谷。那一刻,我仿佛被自然界上了一堂生动的哲学课,这堂课的名字叫——最谦卑的姿态。

在大自然里,还有另外一种动物的智慧值得人类学习。企鹅世界的生存法则里有一条不成文的规矩,那就是不向低头而过的企鹅挑战。一群好斗的企鹅正在进行混乱的战争,你争我夺之间谁也不肯让着谁。忽然看见一只低头而过的企鹅,所有的企鹅就会自动让出一条路,直到那只低头的企鹅走远。

这只低头而过的企鹅,曾被复杂的人类演绎出很多身份,有人说它一定是万人瞩目的领导,理应受到那样的礼遇;也有人说它是香风袭人的绝色美女,让耕者忘其耕,锄者忘其锄了。事实上,它只是一只企鹅妈妈,因惦记巢中的孩子而急忙赶路。这样的法则在企鹅世界里被推崇备至,而在人类的世界也毫无例外。也许是人类天性中对于弱者的同情，人们对于主动示弱的对手总是留下七分宽容，愿意释怀放手。从"退一步海阔天空"，到"伸手不打笑脸人"的感悟之中，你就知道这是人们在低头低眉之间悟出的道理。

民间还有"弯腰之树不易折"之说。那弯腰之树，比起临风绝响的玉树，挺拔已是不能企及的，但它一直以这样谦卑的姿态站立着，至少可以规避风雨雷电。弯腰的树把低头当作一种谦卑的姿态，在经历几番雷电风雨后，它依然坚定地站立在属于自己的位置上。

作为人类，适时适度地懂得低头，在我们的生活中有着重要的意义。女人在低头的温柔里享受爱情的幸福甜蜜，男人在低头的姿态中保持着向上的力量。低头，像一把衡量人生智慧的尺子，尺度尽在人心的把握之中。曾有人问哲学家苏格拉底："作为天下最有学问的人，你知道天与地之间的高度是多少？"苏格拉底回答："3尺！"那人叫："普通人都5尺高，天地之间却只有3尺，那岂不是要头戳苍穹？"苏格拉底笑道："所以，这世上凡高度超过3尺的人，都要懂得低头。"这便是我们伟大的先哲关于低头最深邃的思考。

从大自然和先哲给我们的启示中，我们也应该明白，低头是一种最谦卑的姿态。它绝不是一种单纯的示弱，而是一种力量的蓄积。愿我们有稻穗的胸怀，胸中装满沉沉的智慧；愿我们做一颗弯腰的树，能抵御更多的风雨雷电；愿我们可以像企鹅妈妈低头路过，那样我们不仅能避免外界的伤害，还能看清脚下的道路，不受坎坷流离之苦。

（原载《语文报》2013年第17期）

谦虚是一种美德，也是一种明智之举，因为人外有人、天外有天。谦虚使人进步，只有认识到自己的不足才会去想办法弥补。谦卑更是一种处世哲学，因为无争，所以无敌。

金鸡湖

文 / 袁恒雷

要按照自然所启示的经验来生活。

——叔本华

在 2003 年的秋天,我来到了苏州寓居。我当时的居所离石湖很近,但金鸡湖的名号却一次次从不同方向飞进耳朵里,以致于我不得不去看看,到底她是怎样的芳容引得人们交口称赞。而这一看,近十年来,就没断过了。

我于 2011 年离开苏州,从 2003 年开始,几乎每半年我都要去金鸡湖走走,或许更多吧!我喜爱那里的湖水、游船、桥梁和建筑,羡慕那些生活在湖边的人们。尤其是夏日傍晚,看着西边的云霞将倩影铺展在湖面,各个建筑的灯光五彩斑斓,似一扇扇粉艳蝴蝶的翅膀,那湖水似陈酿的红酒,想不醉都难啊!即便我离开苏州已经一年了,我仍然记得金鸡湖的一切,每每想来都不自禁地欢喜。

喜欢上金鸡湖当是从第一眼看到开始的吧!是因了她平整的湖面吗?是因为她多彩的建筑吗?我想是的,又不全是,不必说清。只是每当见到她时,她都会给予我上一次的熟悉与这一次的新鲜,如一位交往熟识的老友。湖是有灵性的,湖风的抚摸让浮躁的心绪变得熨帖,她带着我游离到梦中的童话世界,是波浪的欢笑,是音乐的低吟,是灯盏的温暖,是情侣的温馨。因为有这样幸福的心绪，每一次来到金鸡湖畔，我就加深一层对这里的眷恋。

翡翠似的湖水、整洁的甬道、跳跃的快艇、轻便的单车，所有金鸡湖的风光，既让我无限喜爱，又让我怀念追忆。每每念起，就又想去看她一眼，是否还是去年时的容颜。

所以，即便我回到了北方定居，只要一寻到可以到江南的机会，还是要尽可能地挤出时间，跑到金鸡湖畔，坐在长椅上，看着湖面，不语。每当我在书房读书或执笔时，偶尔会坐不住，便把窗户打开，望向远山，那山色多像金鸡湖水的颜色啊！碧绿，却看不到底，纯真，却又透着神秘。

且看那湖边一排排整齐的杨柳，面对碧绿的湖水梳妆，每当春末的和风拂过，柳絮便撒着欢儿地飞向湖心，嬉闹着；且看那夜晚时湖边一群群赏玩的游人，听那游船在湖心里游弋时的快乐鸣笛。所见所闻的一切，都是我喜爱金鸡湖的原因。我多想变成一只湖上飞过的水鸟，那样，我便会更加自由地去看她，便会更加真切地去看她。

当我坐在华灯绚丽的湖边，望向整个湖时，不由得惊叹于湖的壮丽。两座湖心岛像是两只明亮的眼睛，一辆辆汽车从跨湖桥上安然驶过，小鸟巢总是在和摩天轮比谁的外衣更漂亮，环湖酒店里的饭菜香味儿让五湖四海的宾客甘之如饴。

特别是周末，人们从四处欢聚在湖岸，像是赴一个盛大的派对——是为了看那水火交融的音乐喷泉。一架架摄像机沿着湖岸环形列队，一群群游人沿着台阶站直了身子，只待水柱串起、音乐唱响，人们的欢呼便一浪高过一浪。

还有那玩心重的爸爸，抱着女儿去水柱边戏水，只溅得满身满脸的水滴，而快乐也是满身满脸，是为金鸡湖的泼水节。沿湖酒店的人们顾不得推杯换盏，纷纷跑到窗户外，拿起相机、手机，将那水柱一次次拽进了相机，将那歌曲一首首录进了手机。

这时,月亮在天空微笑地看着大地——欣赏这幅富贵安乐图;湖边的花草都披上了一层银灰,泛着可人的光泽;"金鸡湖号"在岸边打盹,它在等着人们看完音乐喷泉后过来和自己嬉戏。

这是一湾乐于奉献的湖水,在她的滋养下,沿岸几乎每个月都会展现出新面貌。从湖滨大道到城市广场、水巷邻里、望湖角,从金鸡墩到文化水廊、玲珑湾、波心岛、李公堤,处处都是景,目目都是画。金鸡湖已成为中国最大的城市湖泊公园,是苏州当地人的骄傲,是他们接待外地亲朋一定要领去看看的地方。

金鸡湖水依旧是平和的,她该是喜欢看到自身周边变得热闹起来,一如看着自己逐渐长大的儿女,在藤椅上安享他们围着自己欢笑跳跃。所以,她的湖水依旧碧绿,她的水声依旧潺潺,在日光下泛着耀眼的白,反射给每一棵树木,每一座雕塑,每一个过往的人。我欢喜着这样的"浮光跃金,静影沉璧",多么令人难忘啊!似乎能看见浅近的水草摇摆,还有一尾尾调皮的鱼儿,它们也在睁着好奇的眼望向岸上。

因为那些水草与鱼儿,我不由得记起了金鸡湖名称的来由。传说春秋时期,勾践进贡了西施之后,夫差便只顾和西施在城西灵岩山姑苏台享乐游玩,荒废政事。吴王夫差聪慧的女儿琼姬发现勾践心怀叵测,多次提醒父亲防范勾践。可夫差没有听信她的话,反而受西施的挑拨,把琼姬赶到苏州城东大湖中的一个荒岛去"面湖思过"。

后来,越国军队兵临姑苏城下,夫差为了保命,准备把女儿作为"礼物"献给勾践请罪求和。琼姬得知消息后,痛不欲生,跳湖自尽。后人为了纪念琼姬,便把这个湖泊叫做"琼姬湖",把她投湖的地方称为"琼姬墩"。由于吴方言的"琼姬"念起来和"金鸡"的读音相近,渐渐的,琼姬湖就被人们称为金鸡湖了。

看着那些水草与鱼儿,我在想,它们可是琼姬饲养的后代吧?这一湖水因有这样凄美的传说而愈发哀婉动人。琼姬当是这片水土的守护神,琼姬湖也便是当地人们的母亲湖了。

　　我也明白了自己为什么看过那么多的水与湖，而偏偏对这片湖水越发牵念。使我迷恋的——似乎可以这样说，不仅仅是这里蒸蒸日上的现代繁华，更是那在别的地方不易看到的平和柔美的波光和使我感动温暖的人文底蕴。

（原载《语文周报》2013 年第 19 期）

　　湖是静的，宛如明镜一般，清晰地映出蓝的天、白的云、红的花、绿的树。生活应该像湖面这样平静而安定吧。

注意力

文 / 孙道荣

家园，世界的乐园。

——德国谚语

一对夫妻，去郊外度假，他们住进了湖边的一座房子。推窗见湖，湖水涟漪，景色宜人，空气清新。夫妻俩很高兴，决定多住些日子。

第二天一早，丈夫就兴冲冲地起床了，他的精神看起来好极了。妻子却一脸倦容，她有气无力地对他说，昨晚没睡好，断断续续被吵了一夜。

怎么可能？丈夫惊讶地说，这里很安静，我睡得非常好，你怎么会感觉吵呢？

妻子也一脸惊讶，难道你没听到火车声吗？

火车声？丈夫摇摇头，这里怎么会有火车声？恐怕你是幻听吧。他们就是嫌城里太吵闹，才到这里来寻安静，度假的。

一连几天，妻子都没睡好觉，她看起来比平时上班还疲倦。丈夫却每晚都睡得很踏实。

丈夫担心地说，你总是睡不好觉怎么行呢？这样吧，如果晚上你再听到火车声，就把我喊醒，我听听到底是不是有火车。

晚上十一多钟，丈夫已经熟睡了。妻子轻轻推醒了丈夫，你听听，火车声来了。

丈夫揉揉眼睛，竖起耳朵，还别说，好像真的有火车声。远远的，"哐当哐当"地响，声音渐行渐远，一会儿就消失了。

妻子说，你先别睡，大约半个小时，还会有。

时间慢慢地流逝，周围安静极了，只有湖水轻轻拍打堤岸的声音。

半个小时左右，果然又响起了"哐当哐当"的声音，声音不大，就像远处的滚雷声。但是，如果你侧耳细听，似乎又能听得很清晰，甚至有点刺耳。

火车声再次消失了。

妻子无奈地叹了口气，半夜还会响两三次。

那一夜，丈夫和妻子一样，一次次听到了火车声，他也没睡好觉。

第二天，他们询问了管理人员，果然在湖的对面有一条铁路线经过。以前有客运，火车多些，但现在全是货运了，只在晚上，有几趟货运列车经过。不过，离我们这有两三公里远，又隔着这么宽的湖面，对我们影响不大，如果不注意的话，根本听不见。管理人员笑着解释说，你们的听力真好，大部分的游客，压根就没注意到对面有火车呢。

又到晚上了，妻子躺在床上，还是睡不着，她在侧耳等待火车声经过。一向倒头就睡的丈夫也没睡着，他竖着耳朵，似乎在极力捕捉空气中细微的振动，那个害他的妻子总是睡不好觉的"哐当哐当"的火车声。

"哐当哐当"，轻微而激越的火车声，穿过宽阔的湖面，准时响起。

多么刺耳啊！

他们再也忍受不了了，他们退了房间，逃回了城里。

其实，在他们城里的家的不远处，也有一条铁路线经过，但是，城里的嘈杂声，彻底淹没了火车声。或者，是他们根本就没有注意过，在众多的噪音中，还有一阵"哐当哐当"的火车声。

（原载《考试报》2014年第30期）

这是人类的过错吗，我想是的。喧嚣的环境，已经使人辨不清更为嘈杂的声音了。是人改变了环境，还是环境改变了人？

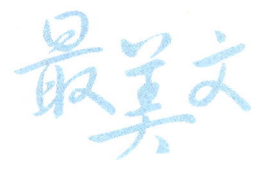

从霓虹到月亮的距离

文 / 魏彩琼

谁要是不会爱，谁就不能理解生活。

——高尔基

去年的这个季节，我从窗外看去，远远地看到一片桃花林，风一经过，落红乱舞，缤纷四起。我喜欢静静地看着窗外，对着那片桃林，设想着很多美妙的故事。如果说一朵桃花就是一个尘世里精致的女子，那么那里将是一个怎样曼妙的世界。臆想与桃林一起绽放、摇落，直到看到一片茂密的绿色。

又是在不经意的某个夜晚，我在办公楼加班，窗外一片霓虹闪烁，远处隐约传来歌声。那片小树林被黑色掩盖着，在光与影之间，它们模糊了。就在我关上墙壁上的灯准备回家时，几束月光从窗外直射进来，桌子上是一片皓然的白，我的心顿时静谧安然。一轮圆月正挂在广袤寂静的天空，向大地普洒着光华。我怔怔地站立着，切切地享受着。

当我把目光投向那片桃林的时候，它们正沐浴在月光下，朦胧的美好把我引入新境。我在低眉之间搜寻着，究竟我有多久没有抬头看看月亮，数数星星了？一任时光蹉跎流逝，错过了人间多少美好的时刻？

我一直沉醉在霓虹的世界里，忘却自然，抛弃天籁，以为繁华就是由无数闪烁的霓虹，不醉的歌舞组成。我以为只有向上攀登，保持一颗向上的心灵，我就能得到灵魂的安宁。在我貌似的幸福里，我安顿着疲惫，收藏着不安。只是一次乍现的月光，身与心之间的破绽就暴露无遗。

就在今年，一幢高楼在窗外拔地而起，挡住了我远眺的目光。当那一架机器伸出长手劳作的时候，我感觉它是一个多事的法海，刻意要拆散一段姻缘。我固执地想着那片桃林，认为花与月是同一类科，透过鲜花我就能抵达月亮。于是，我习惯了向窗外看，看外面的世界是如何喧嚣繁华，想四季的景物是如何更替轮回。让心灵走近与逃离只在目光游移之间，并一直坚信，保持这种状态可以缩短从霓虹到月亮的距离。

我一路走着、想着，慢慢地知道，从霓虹到月亮的距离，在物质的层面上，只是从一座座高楼的崛起开始，点点滴滴蓄势而成。从这个街区到达那个街区，水泥铸就的森林里只居住霓虹歌舞。月光被遮住视线，即使是空气和水，也被掺上杂质。纯净只是一种被现代元素过滤了的东西，被人遗忘又被人狂热地想念。

而在精神的层面上，我只需要一个支点，一种理由，更或许只是一次不经意的翘首与低眉，一次心灵的感动和洗礼。我就能抵达月亮与花朵，让馨香弥漫，让意念丛生。

诚如在向前奔走的途中，我们拼命地想留住的，却一直是狠心地舍弃的。一直忽视的，偏偏是一直存在的。甚至是心中所鄙视的，都不明不白地存在于自己身边，或多或少，有增有减，哪一样都是拜生活所赐予。所幸我还肯低头，还想抬头，恰恰就在抬头与低头之间，霓虹到月亮的距离被缩短了。

那一日，樱花正繁茂，我站在树下迫不及待地与它们亲密着，又是一个抬头，月亮正挂在树梢。我的心惊喜成小鹿，脱口就唱出那一句"透过开满鲜花的月亮，依稀见到你的模样"。

从前，我一直认为原创作者是在拉郎配，居然要把两种美好硬生生地拼凑在一起。当我蓦然与一首歌的距离拉近时，我发现我与月亮的距离又

近了。

　　回过头来,正看见游乐场里辉煌的灯火,尖叫声,欢呼声冲撞而入。我冒失地跌进霓虹里,小侄女吵嚷着要去坐太空飞椅。她以飞翔的姿势欢笑着,把快乐从高高的地方传递下来。我的目光一直向上看,向上看,忽然,月亮与霓虹重叠在一起,它们亲密得像姐妹。我一直刻意要缩短的距离,顷刻间消失了。

　　我像一个在太阳下追赶着自己影子奔跑的人,无论我跑得再怎样快也追不上。当我累得停下来的时候,影子也停下了,我才知道自己的愚蠢。

　　我在一幢幢高楼前与霓虹亲密,我享受了世界的繁华。我在高楼的转角处约会那片桃林,我享受了心底的繁华。在月晴的日子,我大开轩窗,让月亮跌落在一杯酒中,又是什么样的距离不是我可以抵达的彼岸呢?

(原载《语文报》2015 年第 19 期)

　　人生的路,走走停停是一种姿态,我们不断自我完善,从而到达自己喜欢的样子。走走停停是种姿态,随遇而安更是种洒脱,何必非要刻意去追逐呢?

左右为难

文 / 唐仔

进退维谷，冰炭在怀。

——唐·刘禹锡

对一座房子来说，门是必须的，也是现实的。窗户则不同，它是可有可无的，是点缀，是装饰，因而也是浪漫的。法国作家缪塞的诗剧《少女做的是什么梦》里有句妙语，大意是父亲开了门，请进了物质上的丈夫，但是理想的爱人，总是从窗户进出的。

十七世纪末，英国曾向民众征收窗户税，谁家的房子窗户越多，所要交的税负，也就越重。很多人家不堪重税，索性将一扇扇窗户封上，堵起来。于是，炫富变得很简单，只要在自家临街的墙上，多开几扇窗户就可以了，比脖子上挂一条粗重的金链子文艺多了。

用得最多的一个比喻是，眼睛是心灵的窗户。眼睛之一睁一闭，与窗户之一开一关，何其相似！

窗户的状态，只有两种，开着，或关着。但是，到底是开着，还是关上，如今却让人有点左右为难。

小孩说，关窗。窗户开着，人会不小心掉下去的。每年，总会有一些粗心的家长因为忘记关家里的窗户，致使发生孩子翻窗坠楼的悲剧。

小偷暗自祈祷，开窗吧。窗户开着，既方便了"理想的爱人"，也方便

了小偷，有一半以上的小偷，是翻窗入室的。

老婆说，太闷了，缺氧，开窗吧；老公说，还是关上窗户吧，楼下的老太太们，又在跳广场舞了。

专家说，开窗吧，不然，房间内的甲醛，会让你们中毒的；另一个专家说，不！赶紧关上窗户，不然，雾霾飘进来了，你们的肺，很快就会被熏黑的。

开窗？关窗？我站在窗前，呼吸局促，左右为难。

（原载《特别文摘》2014年第6期）

生存空间不断被压榨，真是到了进退两难的境地了。

稻草与大树

文 / 李兴海

信念是鸟，它在黎明仍然黑暗之际，感觉到了光明，唱出了歌。

——泰戈尔

我与你一样，时刻在想，如何向后一辈的人阐述信念的重要性，以及信念为何物。当我在公共场合有意传达这类思想时，旁人经常会讪讪地问我："信念能吃吗？能填饱肚子吗？"

信念如梦想一般，纯属虚无之物，飘渺至极。没人能说出信念的形貌，体态，或者是年龄。它与我们不仅仅是天涯之隔，阴阳相离，甚至可以说，它从始至终就没有在人类历史的长河中显现过。

那么，我何以要推崇并且宣扬它呢？原因很简单，它对所有存活于世间的生物都有着不可言喻的功用。

很多人问过我，有什么功用？难不成能把所有的人都变成比尔·盖茨，变成爱因斯坦？当然不能，信念本身需要生命作为载体，而每一个生命所具有的天性都存有细微的差别。因此，注定会创造不同的历史，取得不同的成就。

很久以前，我手底下有过异常一个调皮，又极具文学天赋的孩子。我每日闲暇时必会催促他，专心攻于写作。可他不爱遵从我的吩咐，他说，

文字是在心中,并非跃于纸上。可我知道,他仅仅只是懒于动身提笔。

他和很多人一样,而这类人什么年龄段的都有。自己本身心存希冀,尚有鸿鹄大志,却不甘脚踏实地,为此志就地挥汗。于是,时日一长,所见收效甚微,胸中大志便成了小志,最后,全然无志。无志不说,还好提"当年勇"。

大怒之时,我曾骂过他,心中毫无半点信念。他如旁人一般问我:"何为信念?你能指给我看吗?"

我领着他,穿过城市的车水马龙,来到秋日的田野上。

弯腰割稻的辛勤劳动者与金黄的果实构成了一幅绝美的画面。我步入田野之中,随手拣起一根稻草,放到他的手里,让他开怀抱住这根稻草,并做一个双脚离地的动作给我看。

他见我异常严肃,便一声不吭地抱住那根如筷子般粗细的稻草,试图双脚离地。可这样的事,终究是不会成功的。最后,他一脸委屈地说:"我做不到。"

路旁,一棵茂盛的大树正迎风招展。我指着壮实的树干对他说,你抱着它,并做一个双脚离地的动作给我看。

他欣喜地双手抱树,一跃而起,双脚离地蹬于树干之上,"噌噌"几下爬了上去。然后站在高高的树枝上冲着我笑,像是在炫耀他的技艺。

我问他,上面的景色美吗?他对着一望无垠的田野远眺几次后大声地告诉我,美!美极了!

我令他下树之后,拍拍他的肩膀道:"你刚才所抱的两种东西,就是我平日所说的信念。"他不解地看着我。

"信念虽是虚无之物,可你却能拥抱,或是依靠着它来行路。只有当某一日你心生绝望,或是豁然开朗时你才会明白,它就在你身旁。也许,它是刚才那根弱不禁风的稻草,任凭你如何努力,也无法与困境脱离。也许,它就是面前的这棵大树,既能让你无畏风雨,又能让你站得更高。"

刚说完这些话，田野上就起了秋风。那些杂乱的稻草再次被席卷得狼狈不堪。不远处，一棵大树正立于狂风中，"哗哗"地朝空中咆哮。

（原载《考试报》2015年第6期）

信念是黑暗中的光亮，信念让我们在极度痛苦中找到自我。无论在多么艰难，多么困苦的环境中，只要我们拥有坚定的信念，我们就可以迎难而上。

有间小屋

文 / 语中清荷

虽然我们走遍世界去寻找美,但是美这东西要不是存在于我们内心,就无从寻找。

——爱默生

一

笔记本里收藏着这样一幅画:绿荫浓密的森林深处,有间小屋,白墙壁,小木门,双层屋顶,底层是厚厚的干草,外层是深棕色的格子竹条状覆盖其上。门前的小池塘里漂浮着碧绿的睡莲,一条石板路铺在水面上,蜿蜒曲折,伸向小屋门前。

环绕整座小屋的,是苍翠欲滴的宽叶芭蕉,那颜色,轻轻一挤,就能挤出清凉的绿汁来,一点一点,从画里流出来,将心濡湿得柔软。多么清新脱俗的世外桃源,绝美得令人窒息。

画是好友相送,附上的文字尤为感动:送给简单纯净的你,知道你喜欢。原来,这世间的懂得,和时间无关,和距离无关,和名利无关。纯粹得犹如冬夜围炉里的根根柴火,只是轻轻一撩拨,温暖的焰火就逼走心底的道道忧伤。岁月清了清嗓子,在烟火生活里重新噼里啪啦地响作一片。

二

终究是世间的人，心不染尘，身惹烟火，虽是喜欢，却只能远远地赏。太绝美，太遥远的人或物，多半会伤得寸断肝肠。素色光阴里，还是守着身边的小小惊喜方为妥帖的安然。

客厅墙壁上挂着一幅画，说是画，其实是十字绣，是一个心灵手巧的亲戚相赠。深秋的森林深处，落英缤纷，地面像铺了一层五彩的地毯。一座玲珑精致的小木屋坐落在池塘边，烟囱里正冒着袅袅炊烟，墙壁的两头各生长着一棵粗壮的树木。

圆形的小池塘像是森林那只明亮的眼睛，四周深深浅浅的芦苇，恰似小池塘浓密的睫毛。紧邻着池塘的，是一座弯弯的小桥，好一幅天净沙。沐浴着夕阳的余晖，整个画面温暖而质朴。画前伫立，禁不住浮想联翩：何时才能拥有属于自己的小屋？

那天，和孩子各骑一车沿着环城河并肩慢行。车至半途，孩子惊喜地喊道："妈妈，看，那边有间小屋！"顺着他手指的方向看去，可不是，草木葳蕤的环城河公园里多了间崭新的小木屋，古色古香，静静地立在蜿蜒曲折的石板路一侧，简朴而不失新颖。

经不起好奇心驱使，我俩支上车架，绕着小屋前后左右地看，里面空无一物，外面也没有任何解释的文字。碧绿的草地环绕四周，像是给这座小小的木屋戴上了一串绿色的项链。一条水泥修建的小路曲折有致，由远及近，经过小屋的门前，又晃晃悠悠地伸向远方，一路向西，像微醺的红颜，莫非，路的那头有等待她的故人？

不得而知。只是，谁的心里不曾住过一个故人？谁的记忆里不曾有过一间小屋？

忆起那年，正值盛夏酷暑，结伴去万佛湖游玩。岛上绿树成荫，凉爽的湖风拂面而来。流连在人间仙境，全然忘却外面世界的烦忧和浮华。一座座别致的度假小木屋散落有致，有着异域风情的格调，在青山绿水掩映下，分外醒目。只是隐隐觉得，和一百多年前瓦尔登湖畔的那间小木屋相比，这里的小木屋似乎缺少点什么。

三

1845年3月，春暖花开。28岁的梭罗带着一柄借来的斧头，一头扎进瓦尔登湖的寂静森林里，自己动手，造了一间木屋，开始了他两年零两个月的湖畔生活。和他不离不弃的，是自然界的万物生灵。

他和鱼儿絮语，穿林听风，聆听鸟儿的啾啾欢唱，泛舟吹笛，湖边垂钓。每年他花上六周的时间用于劳作，以供日常生活所需，余下的46周专注于阅读、写作和思考，为世人留下了独一无二的心灵鸡汤《瓦尔登湖》。

一个人，一支笔，一片湖，一间屋，年轻的梭罗用孤独的智慧和从容的淡然来抵达内心的自省，从而完成了自我的升华。他留给我们的，是一个孤独者的幸福。他的小木屋，也定格在阅读者的脑海中。

无独有偶，十九世纪的巴黎乡下，也有间小木屋，住着的是福楼拜，他和爱人分隔两地，以信传讯。他在这间小屋里，拼命工作，天天洗澡，不接待来访，不看报纸，不穿外衣，不出寂静的书房半步。

毋庸置疑，他们穷得一贫如洗，然而，他们又是最富有的，精神明亮，思想清澈。与自然融为一体，是抵达生命最简单、最简朴、最简洁的生活方式。

四

19世纪英国女作家伍尔芙说：女人要有自己的房子。是的，纷扰红尘里的女子，每个人的内心深处都渴望拥有属于自己的小屋，当作心灵的栖息地，哪怕只有巴掌大小。如美国人谢弗那样，小的可能没有别人家的衣帽间大，但是喜爱之至。疲惫的时候，在小屋里休养生息；受伤的时候，在小屋里舔舐伤口；幸福的时候，在小屋里细品回味。

　　我向往的，是小屋的冬夜，屋外雪花纷飞，白茫茫一片。屋内围着火炉一边说着话儿，一边烹雪煮茶，用炉火和语言守住温暖，抵抗严寒。若是有友短信过来：天寒，多穿衣。抿嘴，暖心一笑。

（原载《语文报》2014 年第 31 期）

> 　　我们该有这样一个心灵的栖息地，像是个安静隐秘的世界，超越平日白开水般枯燥庸碌的生活。可以在那里憩息、沉睡、思考；也可收放自如、激昂跳脱，甚至是什么也不做，却也是极好的体验。

吹彻早春不知寒

文 / 纳兰泽芸

寂寞空庭春欲晚，梨花满地不开门。

——刘方平

袁宏道说他看见了春天——"高柳夹堤，土膏微润，一望空阔。冰皮始解，波色乍明，鳞浪层层，清澈见底，晶晶然如镜之新开而冷光乍出于匣也。"

而我说我听见了春天——可不是，那黄黄嫩嫩的结香花，将它们托在手心吧。看哪，小小的圆筒形花朵密密麻麻地簇生在一起，花冠一律朝下，是无数只小小的喇叭筒，凑在一起吹着一支嫩黄悠悠的初春歌子！

还在料峭的寒风里呢，春天的气息似有若无，每天下班回家经过小区花园。在小区景观灯不甚明亮的光照里，我看到一种1米多高的小灌木，上面开满了白白黄黄的小花，一簇一簇的，开得是嘤嘤嗡嗡，热热闹闹，空气里也散发着一种隐隐绰绰的甜香。

我在想，这是什么花呢，仿佛半卷着嫩黄粉白的珠帘，欢欢喜喜、无所顾忌、花团锦簇地开着，在它们面前，迎春花是徒有虚名了，恨不得叫迎春花快把那名号让过来吧！

再经过小花园时，我踩着微润的园土，走到那些灌木面前，俯下身子看挂在它们腰间的标牌，标牌上写着：结香花，又名打结花、梦冬花、探春花、黄瑞香。属瑞香科、结香属，落叶灌木。

探春花？嗯，这名儿还算是名副其实，凑近闻闻，香，而且浓，浓得似乎有点猛烈，有点不大礼貌。叶呢，我在找寻它的叶子，哦，叶子还缩在花的后面微眈着呢，仅仅绽开了一点叶苞，被茸茸的一层柔毛覆盖，还没睡醒。

叶儿尚未睡醒，花儿是等不及了，在料峭的早春寒风里，抢着把所有的美丽和芬芳急不可耐地倾尽而出。

叶子还在沉睡，花就已经开得漫天漫地，我觉得这结香花是不是太不够低调、不够敛眉啦。

只是，当我后来知道结香花的小小花苞，是早在头年的落叶纷飞之时便已悄悄形成时，我立刻原谅了她们。这小小的生命，要捱过严冬，捱过霜风，捱过雪剑，然后，这些簇拥在一起的小生命听到了春的脚步隐隐由远处行来时，她们竖起了小耳朵，叽叽喳喳地说，听啊，春来啦，春来啦，我们快快开放吧！

于是，一夜之间，哗啦啦哗啦啦，她们全部吹开了小喇叭筒。粉粉的，黄黄的小花，没有夺目的红艳和妖娆。开放，不是为了万人瞩目，只是为那捱风顶雪盼了一个冬天的梦。

就像蝉，你能怪它在酷热的夏季"知了知了"地聒噪不休吗？你要是知道一只蝉在土里寂寞地等待七年，然后承受蜕变的痛苦，变成一只会飞会叫的蝉，可是，它却只能在这世上活七天！

要是你知道这些，你就不会对着树上高声鸣唱的蝉喊：该死的，别叫了，烦死人了！你便会体谅这个小生命——因为那是它生命的绝唱，它倾尽所有气力，只为那生命最后的精彩，只为那末日的绽放！

难怪华兹华斯在他的诗里说："最卑微的花，也能给人以深沉得不能用眼泪表达的情绪。"

结香花又名打结树，那是因为结香花的枝条非常柔韧，把它的枝条扭

扭缠缠地打几道结也不会断。它还有个别名叫"爱情之树",相传秦始皇时候,皇宫里有一对年轻人相互爱慕,姑娘出身于显赫之家,而小伙子却是个下人,出生卑贱,这在当时是不可能结合的。

两个相爱的人千方百计地想冲破藩篱,然而均告失败。最后,姑娘含泪与心上人拥别,她流着泪在一棵小树上打了几个结,表示她柔肠寸断,心有千千结。没想到的是,第二年在这棵姑娘打过结的小树上,开出了无数美丽的小花。此事传到秦始皇耳朵里,皇帝心想这是天意要有情人结成眷属,上天旨意不可违,遂下旨让二人结为同心。

时至今日,在有些地方结香还被称为"爱情树",有怀春女子梦见自己思念的心上人,便会于清晨悄悄在结香树上打个结,据说会有一种神秘的力量助女子见到她的心上人。

不知是不是真的,要不,明天清晨,让我悄悄踏着晨露去试试?让这春天的号角也能嘹亮我冰封一冬的情怀。

(原载《语文周报》2015年第22期)

要有最朴素的生活和最遥远的梦想,因为生命的光彩焕发于蛰伏后的蜕变。

睡莲

文 / 振宇

人生如果不曾大胆地冒险，便会一无所获。

——海伦·凯勒

古莲子安静地躺在地下沉睡了很久，仿佛做了一个长长的梦。要不是科学家在一次偶然的机会中发现并且把她带回实验室，想方设法地把她唤醒，或许她还将继续沉浸在梦中，永远也不会醒来。

睡梦中，古莲子隐约地听到科学家们的谈话，好像是在推测她的年龄。有的说她至少有五六百岁了，有的说她至少有一千岁了，谁都不能准确地给她下结论。于是，科学家们先后采用植物生理学、放射性碳、碳十四和胞粉等方法对古莲子进行了测定，结果证实，她已有一千年的高龄了。"真是千年一梦啊！"当古莲子知道了自己的真实年龄以后，不由发出这样的感叹。

古莲子还记得，她的故乡是在一个叫"莲花泡"的地方，那里群山环绕，百草丰茂。一千多年前，"莲花泡"生长着数不清的莲花。每当夏季，正是莲花盛开的季节，一望无际的湖面上长满了莲花，碧叶连天，花海如潮，好似仙境一般。

斗转星移，岁月如梭。因河流改道，破坏了天然蓄水的湖塘，使优美如画的莲花泡逐渐干涸，莲子也脱落在地上，被年复一年的尘土和大量的

有机质掩埋，就这样，古莲子沉睡在地下，久久不能醒来。

古莲子可谓是种子当中寿命最长的。因为在一般情况下，生命力能保持十五年至一百年的就称为"长命种子"，而古莲子已有一千年的高龄了，她还能够生根发芽，绽放生命的美丽吗？

为了唤醒这株睡莲，科学家们做了一个试验，他们把未经任何处理的古莲子放在常温下的水池里。三年的时间过去了，古莲子一点儿苏醒的迹象都没有，这是什么原因呢？原来，古莲子的果皮太坚硬了，而且密不透水，在常态下怎么能够发芽呢？

可是，当科学家将古莲子的一端用砂轮打磨一下，或是用小榔头敲击她，在不损伤胚根和胚芽的前提下，把她浸在水里，在适宜的温度下，三天的时间奇迹就发生了，这枚古莲子居然发芽了！再经过三年的培育，千年古莲终于开了花，绽放出生命的美丽。

就在人们惊羡她现实的明艳时，然而，有谁知道，她是历经了怎样彻骨的苦痛才梦想成真？这其中蕴含着多么深刻的生命哲理啊！

由此我想到这世上有种人，像睡莲，顺境会使她的生命变得平庸，一辈子也不可能发芽，更不能让梦想开花。可是，当你用砂轮打磨她，或是用小榔头敲击她，却终究会把她那颗沉睡的心唤醒，生命因此而美丽和精彩！

（原载《考试报》2014年第23期）

生命就是不断锤炼的过程，有多残酷的攻击，就有多激烈的对抗。

第四辑

闲来拾得满袖香

愿此后年年,我们会相约在某个温暖的午后,拾得一袖馨香。让我们携手带着爱与感恩,踏一路春风,洒一路欢歌,抵达心中的那片桃花源。

闲来拾得满袖香

文/顾晓蕊

  真正的幸福，双目难见。真正的幸福存在于不可见的事物之中。

——杨格

  走进和暖的春风里，仿佛天然的香水罐被打翻，香气溢得到处都是。迎春花开得热闹，开得妖娆，金灿灿地闪着亮。桃花红，梨花白，还有不知名的小花也都竞相开放，展露芳菲。

  我惊叹于花的美，花的香，是刚刚好的美好。沉闷了一冬的我，此刻直想欢呼，想高声吟唱。可侧身望了望站在身边的你，还是淡淡地一笑，我们都习惯了沉静如水，把心事轻轻藏起。

  时光，在指尖悄然滑过，不知不觉中，与你结识已十余载。你曾踏着风雪而来，与我围炉而坐，喝着茶，谈论着文学，以及烟火世事。我一直觉得你是懂我的，记得你给我的每一份温暖，因为有你，我更热爱当下的自己。

  最近几年，联系却少了。偶尔隔着电话，你说，春天里，我们一起赏花去。我闭上眼睛，想象我们走在春光里的模样，暖暖的阳光，柔柔的和风，还有如花般美好的你。

  然而，花开了，又谢了，我们没能如约而至。工作很忙，我又要加班了，或是你的孩子患了感冒……总是临时有事被绊住脚。直到前些天，你又打来电话，说，再不去看花，我们就要老了。

花儿年年开，年年花不同，忽然惊觉我们辜负了多少春光。茶道里讲"一期一会"，曾经自信满满的我们，总在等待，等待下次春天来，因而错过了太多的机缘，错过了花开最美的季节。

这样想着，片刻也不能等了，我们相约来到河畔。那一树一树的花开，那些绿得滴水的嫩叶，看得人心里痒痒的，又暖暖的，满眼都是欢喜。

一阵风过，片片花瓣儿飘落，像下了一场花雨。飞花似梦，点点愁，心里升起如烟的惆怅。这个春天，美好得让人心慌，一切的繁文缛节都显得如此多余。

我们坐在一棵花树下，抛开虚张声势的矜持，快乐地放声歌唱——记得当时年纪小，你爱谈天，我爱笑，有一回并肩坐在桃树下，风在林梢鸟儿在叫……歌声飘荡在风中，飘荡到云中。

透过时光的沙漏，那些或悲或喜的日子，变成了一张张剪影，幻化成美丽的千纸鹤。

留不住的，永远是时间，当我们为过去的时间叹息时，更应当握住眼前的幸福。尽管短暂的相聚后，我们仍会隐遁于人海中，各自忙碌，各自精彩。

然而，这一生，感谢有你相伴的每个日子。是你，让我体会到友谊的隽永，以及散发出的淡雅清芳。是你，让我懂得人与世间万物，皆有深深浅浅的缘。

愿此后年年，我们会相约在某个温暖的午后，拾得一袖馨香。让我们携手带着爱与感恩，踏一路春风，洒一路欢歌，抵达心中的那片桃花源。

（原载《语文报》2015 年第 6 期）

看过的风景多了，遇见的人，经历的事，总有一些不愿想起。边走边忘，让美好储存，把颓废清空，让人生的桌面上，只剩幸福。

村庄与我

文 / 紫溪

故乡何处是，忘了除非醉。

——李清照

庆幸我生在一个还有理想的年代，杏花春雨，白雪寒冬，岁岁年年安然地成长。山里的世界很明净，乡间的小路偶有汽车经过，成群的孩子追赶着跑出很远，嘴里念着自己编的童谣。麦地里的芬芳扑鼻而来，快乐装满了心间，可以确定自己就只是山间的一种鸟类。山外的精彩从教科书里纷呈而来，一个激情昂扬的老师带着一群心潮澎湃的孩子，仰望着蓝天白云。

很多年以后，我的理想涅槃成村庄的一面旗帜，弟弟妹妹们勇敢地接过火炬，用矫健的步伐奔向远方。当我能安歇下来微笑的时候，才知道我离自己的村庄已经很远了，如那排在建设中消亡的石榴树一样。我只敢留着一种期许，愿所有的芝麻都能开花。

在我的记忆里，从第一缕炊烟飘扬的时候，苏醒的村庄就有了鲜活的面孔。木房青瓦的屋檐下没有过多的秘密：谁家的孩子哭了，谁家的花猫下了崽子，李家的锅里飘出的香味，张家的桃花开在墙上……人间的烟火近在眼前，比电视里的新闻更能让人兴奋。地里的玉米和小麦，书里的北京天安门，还有门后长长的烟斗，各有自己的去处，井然而有序。

如今，清澈的河边没了姑娘们嬉笑的身影，听说她们都远嫁了，偶尔带着夫婿在特定的日子衣锦还乡。村庄只剩下老弱的面孔，渐失颜色。有留守的儿童在呼唤着爱，一种残缺着的向往成了奢侈。最后连村子旁边的大树也嚷着要进城。一切寂静了，除了春天那个节日隆重的来临——在他乡的孩子们长高了，有着向日葵的笑颜，身边带着异乡的姑娘，头发和服饰与村庄的颜色格格不入。

九十高龄的大爷品尝着孙子带来的糕点，连连夸赞还是新世界好哇，地里的小麦居然可以做出如此的花样。历经饥饿的祖母们担心着好日子的尽头，总是害怕岁月变迁。村庄从惊诧到宽容，再到如今的平静，整个世界就这样被包容接纳了。

前方，就是这条路，它带我到达理想的一端，它也带着我的兄弟姐妹们到达另一种理想。村庄赋予他们传统的起点，这条通往山外的路给了他们新的生存法则。

终于有一天，异乡的钢筋水泥在村庄的土地上崛起，村庄的面貌在鞭炮声中焕然一新。我追赶着汽车奔跑的时候，没有人敢奢想，我们也可以拥有自己的汽车。细数三十年河东的事，感慨这些变迁来得如此迅猛。

我不敢遗忘这些，所以我一直很富足。从乡村到城市，还是人来人往的亲情，有时只是几个玉米棒子，有时只是几个农家的土鸡蛋，有时只是孩子上学路过一顿饭的功夫。我还是父老乡亲眼里质朴的村姑，有纯美善良的心灵，记得东家的苦难西家的疼痛。

在城市呆久了，慢慢融合，有了些变异的迹象，不期然长出了势利的第三只眼睛，心里滋生了冷漠，勤劳与热情在慢慢消逝。然而，我粗糙的双手还有脚上布满的茧子，它们揭示着我火红的出身。

贫穷与红色曾经是一种资本，如今只剩一张贫嘴。在美丽的海滩，我无助地收藏起我的脚趾，它暴露着我最后的虚荣。而在妹妹眼里，我一直是公主，一个土著民族的公主，拥有至高的据点，足以做成标本。

就在村里人羡慕我飞得很远的时候，城里人却在嘲笑我飞得不高。一只蝉的理想在冬天就戛然而止了。想起父亲憨厚的笑，还有满是期待的眼睛，到如今的一抔黄土，仿佛淹没了我人生所有的依靠，一切恍然如梦。

时间漂洗了一切欢乐与哀愁，让我坦然得如同盛开的棉花，只与季节有关。向村庄望去，我的理想只是一扇门窗，当我跨出那道门坎，我就完成了一种使命。于千万人中，我是幸运的发明者。掀开宿命的衣袖，只是一场有备而来的风，打乱了村庄的秩序。最后走成了一条路，一条通向远方的路。

当简单的渴望变成了原始的生存砝码，理想就只与风有关了。不时听到种子发芽的声音，还有泉水与白杨的赞美。从春风到秋风，只是一片叶子沉重的叹息，在村庄里悄无声息。

（原载《考试报》2014年第9期）

乡村让我们记起我们的从前，那个没有战争、没有欺骗、没有掠夺的日子。踏在乡村的泥土路上有一种返璞归真的感觉，瞬时间就会抛开城市间无处不在、无缝不钻的烦闷。

偷着玩儿

文 / 陌上花

> 赞美童年吧，它在我们尘世的艰难中带来了天堂的美妙。
>
> ——阿米尔

路过一片甘蔗林，正值夜黑风高。第一次见到这劳什子，竟是稀奇万分，原来那一根根一捆捆沿街削卖的东西竟是长成这种样子呀！心中突然萌生了一种"偷"的念头，意外的是有这样念头的人竟不止我一个。

在众人的怂恿中停下车来，派出两个身手矫健的小伙子，一溜烟地跑进地里，只听见扑倒的声音，未听到谁得手的消息，原来是甘蔗难以折断，只好连泥土一并拔起。

见前后有车来时，心扑通扑通地跳个不停，始终是没有什么前科的人在"作案"，显得太没有经验。弄起几根，赶紧逃离现场，一车的欢乐声，每个人手里折一节拿着啃，那硬硬的甘蔗似乎也比往常更甜了。

吃罢甘蔗，几个人争先恐后地讲起小时候偷别人家果子的事情，居然，每一个人都免不了受到同样的诱惑。好在，小时候解馋而生出的小邪念小动作，并没有影响以后我们正常的成长规律，相反倒是为我们童年的生活增添了许多乐趣，以至如今讲来，仍然兴致勃勃。

网络里盛行的开心农场之所以经久不衰，想必是因为许多人在虚拟的

游戏里得到了许多"偷"的快乐。孔乙己早就说过"窃书不算偷",乡间邻里也流行着"抬头的果子弯腰的萝卜,哪个吃不是吃呀"的俚语,这些可爱的言行为"偷"找到了强词夺理而又光明正大的说法,铮铮然地为自己的非常之道找到了一种歪理辩解。

细想来,"偷"这个词汇其实一直伴我们左右,举手之间,你就成了"偷儿"。当这种行为只构成侵害别人细微利益时,就显得可爱,当然与君子之言行相比,无论何种"偷"的行径都是罪恶无比、造孽万分的。可这世道几乎都是盗版的君子,当然,如果满世界都是正版正牌的君子,想必人间之事就只剩下刻板与怪异了。

从小我就记得祖母的箴言教诲,她说"从小偷针,到大偷心",教育我一定要通过诚实和合法劳动得到自己想要的东西。在祖母的眼里,一根针也是不允许要别人的,长大后更不能去偷别人的心。其实,在这寻寻觅觅的一路上,有多少颗心没有被人偷走过,又有多少人没有偷过别人的心呢?有时,你甚至是无意的,无知的。

从一本书,一个果子到一枚针,一颗心,到底是谁成了小偷,偷走了一生的光阴?其实都是偷着玩儿,偷的一生,带来无数惊喜,带来无限欢乐。犹如此刻,我要偷偷地祝福岁月静好,我要偷偷地想着某人某事乐一回。

(原载《考试报》2013 年第 21 期)

"偷"成就了我们年少的琐碎,我们因偷快乐,因偷找到自我价值。可是我们都知道,这种偷是没有感情色彩的,只是为了玩而已。

东山看雪

文 / 浅浅

不知庭霰今朝落，疑是林花昨夜开。

——宋之问

对于在南方长大的人，一场大雪的降临一定比一个节日的到来更加令人兴奋。每年冬天，盼望一场雪的早点到来，这似乎成了人们心照不宣的一个小秘密。有时，才为空中洒下的几粒碎米雪而兴奋不已，突地，它又停住了。常常是数着九九，盼到河岸边柳树发芽了，才知这一年无雪。

今年是个吉祥的瑞年，才是新年伊始，天空就飘飘洒洒地下起雪来，白昼不停地飞舞着，大时如鹅毛，小时细若盐粒。小城忙碌的人们都在关心这场雪，一时间，电话、微博、微信，处处都在谈论着这场下得及时的雪。

一夜起来，窗外白茫茫的一片美丽世界，连最爱懒睡的人们也一骨碌爬起来，美好的心情从下雪开始。三五成群地往东山奔去，东山是云南宣威市著名风景名胜区，海拔 2868 米，正是看雪的好地方。

可以沿着石级一步步登上去，看尽白雪染千树的美景；也可以驾车上去，一览白雪笼罩下的小城风貌；更有甚者，骑着山地自行车全副武装赚足了行人的眼球；最美妙的应该是背包客们，头上戴着小红帽，手里拿着小喇叭，一路走一路行，一路玩乐一路高歌。人生多少美事，尽在有雪的日子，与雪共舞，与人狂欢。

东山的半中腰有个东山寺，又名松鹤寺，始建于明朝初期，寺内古木森森、庭院重重，寺外有一奇特清泉从悬崖飞下。风起时清泉倒流，如无数金钱迎风洒来，为宣威一大美景：倒洒金钱。

寺里有参天的古柏无数，粗壮笔直耸云霄，清雅幽静生禅意。古柏树下绿荫如毯，一直是休闲娱乐的好去处。此时，沉默的树枝上覆盖着厚厚的积雪，几只红灯笼明晃晃地照耀着白雪，喜庆中带着肃穆。许多只觅食的麻雀，警惕地靠近人群，又远离人群。

禅房的后院里有株千年的古梅，树上标注有一千五百年的历史，曾听寺庙里的主持说这个年份是尚未加精确计算的，只是有关专家粗略的估计。但至少能说明在没有建这座寺庙的时候，这株梅就存在了。这点可以从后山里有许多株野生的白梅红梅得到些许验证，说明这个地方适宜梅花的生长。

雪落在梅花上，红梅更加娇艳动人，像是一个绝色的美女穿了一件惊艳的衣裳，正踏着鼓点舞一曲，此曲只应天上有，人间能得几回闻！一树白梅星星点点地盛开在雪里，一袭素衣难掩国色，天香散至凡人心。

雪与梅的情缘，在一刹那间闯入脑里，无数诗句呼之欲出，美轮美奂，令人炫目！忽然特别地羡慕起那些叫红梅、白梅、雪梅的女子，仿佛她们就是这一株株梅花的魂魄，吸了雪的灵气，幻化成一只只婉约迷人的妖，来这世间蛊惑太平，推波盛世。

寺外寺内的梅娇滴滴地开了，一树一树地惹人爱怜，唯有那株千年古树之上的十万朵梅花，犹抱瑞雪半掩面的样子，像是在等待它失散千年的恋人。来了一次又一次，它终是羞答答的样子。着了红袄，对着它痴痴地傻笑，终是笑不成一品梅的样子。想在某个晴日，梅花芬芳时，呼朋唤友抱琴来，有风经过，花瓣成雨我成你！

东山之巅，一路白雪皑皑的美景，千棵万棵的青松傲立着，像一队队威武的方阵，整装待发。压在青松上的大雪，受了风声欢笑声的惊扰，簌簌地落下来，落在头发上，落在衣领里，处处有尖叫，处处有欢笑。踩在雪上，像是铺着一层厚实的地毯，舒舒坦坦地走过去，干干净净地走回来。雪地里的欢乐如雪般纯洁，坦荡荡地从心里笑出来。

太阳出来了，树上的雪一滴一滴地融进土里，树上挂着的残雪像是盛开的一树树棉花，在蓝天下开得格外艳丽。把这一场雪的姿态拍在手机里，装在脑里，美在心里。这样的惊喜是这冬天最盛大的演出，可以回味良久……

（原载《语文报》2015年第22期）

但凡世间的美景大都如这般瑰丽神奇，我们一直在路上总能在心里留下非比寻常的悸动，并一直搁浅在心里的某个角落。每想起一次，就有一次感动，一次感悟，甚至是一次刻骨的伤怀。伤怀的原因大抵也是，这美景只能惊鸿一瞥，而不能再次重现。

宣威"小鲍鱼"

文 / 大彩

唯有门前镜湖水,春风不改旧时波。

——贺知章

某年某月的某一天,不经意在一网站上读到一篇文章,大意是写作者来到我生长的这片土地,看到滇东北人们生活那么艰辛,在冷风中吃着烧土豆的日子实在寒碜,于是作者对这片寒山瘦水充满了深深的怜悯和同情。读完那篇文章,我带着些轻微的嗔怒在文章后面留了一段话,大意是要表达,地域的差别成就了人的生活方式,土豆是我们多么热爱的粮食,我们可以一年不吃鲍鱼,但不可以一天不吃土豆!

作者似乎更带着一种情绪与我较上劲了,言语之间带着许多不友善,说北京上海那样的大城市不适合我们这种土包子生存,直到好几个滇东北的读者被激怒而群起,他才意识到他的文字伤害了我们的自尊和情感。

可谓"不打不相识",这事以他的大度道歉而和解,并在和解之后与我成了要好的朋友。他某次要来我居住的这座小城时,曾玩笑地问我,宣威人民会原谅我吗?我严肃地告诉他,在他到高坡顶时,必定会挨暴打一顿,打完之后,罚吃土豆一周。

他来了,宣威火腿与美酒是必上的,当然,我还忘不了点上我们每顿必吃的烤土豆,坏笑着把土豆往他的碗里夹,并连连说请他吃"宣威小鲍鱼"。他看着满满的一盘土豆最先吃光,我们还意犹未尽的样子,终于明白了土豆对于宣威人的重要。

自此后,土豆作为"宣威小鲍鱼"的美誉便渐渐传开了。有时,看着小竹筐里摆着的烤得略焦的土豆,只有鲍鱼那样的大小,看上去越发与鲍鱼的样子神似。事实上,我们对它的热爱程度远远超过鲍鱼。

这离不了的美食呀,它喂养了一代又一代的人。在那些缺衣少食的年代,它能填饱肚子,宣威人亲切地称呼它为"吹灰点心"。

孩子们的早晨是从祖母们煮猪食的锅洞里刨出来的一个个火烧的土豆开始的,他们在吹灰剥皮后,狼吞虎咽地享受着无与伦比的美食。即使是在如今丰衣足食的年代,以各种方式制作的土豆食品,依然是人们的最爱。

在这方土地上生长起来的人,吃着朴实的土豆长大,长成了朴实的人们,无论走得多远,永远牵挂着故乡土地上生长出来的土豆。远离家乡的游子们,对土豆的思念与对亲人的思念在步伐上是一致的,在他们眼里,土豆的味道,就是故乡的味道。

鉴于对土豆的由衷热爱,宣威人对土豆的吃法,也有些空前绝后。在传统的煎、炸、蒸、煮之外,还发明了许多奇怪的吃法,比如生意火爆的洋芋焖鸡。在宣威人眼里,土豆不仅可以当作主食,而且可以和任何一种蔬菜配在一起,做出味道各异的菜肴,长吃不厌。

晒干用油炸出的土豆片,是宣威男人下酒的好菜品,宣威女人一盘盘端上去,男人们一盘盘吃光光,如此廉价的美味,不知人间有几许?所以,家家户户要在春天播种土豆,甚至在秋天也播种土豆,这片土地适合大面积地种植土豆,所以这片土地上生长的人们永远离不开土豆,土豆就像我们的家庭成员一样亲切。

宣威的主妇们制作各种咸菜,当作吃土豆时的佐料。曾记得一个外地的朋友一个又一个地吃下我们的"小鲍鱼",嘴里说了一句夸张的话,他

说，这简直是丧心病狂的好吃。他的吃相空前绝后，他的说法想必也是空前绝后的。

当我和我的朋友们旅游归来，见到路边烧土豆的摊子就整齐昂昂地奔过去时，我们都深深地知道这小小的土豆所拥有的巨大诱惑，它就是宣威人舌头上的最忠实的味蕾，只要生长在这片土地上，我们就不可避免地被烙上爱吃土豆的标签。

无论真正的鲍鱼有多么"高大上"，它都无法取代一个小小的土豆在我们心中的地位，在我们的眼里，它就是高贵的鲍鱼。当然，为了避免高攀之嫌，我还是愿意在鲍鱼的前面加个"小"字，以示自尊和谦让。

（原载《语文周报》2014 年第 11 期）

> 每寸土地的人们，都有赖以为生的美食。哪怕这食物毫不起眼，却依然不能阻挡人们对它的尊重和喜爱。

长角鹿的错过

文 / 小程

> 这是人类的劣根性,当敌人越镇定的时候,他就越不镇定。
>
> ——古龙

挪威布特森山林地区有一种长角鹿,每到冰雪即将消融的季节,他们就踩着布森河厚厚的冰过到对岸,再迁徙到另一个地方生活。

它们横跨布森河的时候,有一个有趣的现象:成群的长角鹿都过去了,但总有一小部分留在对岸,原来,这些鹿来得晚,而此时河水已经消融,它们无法过河。

见无法过河,这些长角鹿很快便显现出异常狂躁,它们疯狂地往回跑,见树撞树,见石头撞石头,直到把自己的头撞得血淋淋的,再没力气站起来。这一撞,也伤了它们的元气,很多长角鹿要经过一个星期或是半个月的休养,才能恢复身体健康,可即使它们恢复了,也只能死在这里。

这一带还有一种野羚,它们如同长角鹿一样,也要在布森河解冻前横跨过去。它们也有一部分来晚的,河水已开始消融,无法过河。但这部分野羚却不像长角鹿那样狂躁,它们静静地呆在河边,白天黑夜都在河岸附近活动。

几天后,你会渐渐发现,这部分野羚数量会急剧减少,它们都过河

了。它们是怎么过河的呢？原来，虽然布森河融化了，但因为刚解冻，时不时就会有大块的冰块飘移过来，野羚看准机会，跳上一个大的冰块，然后再伺机跳上另一块，最终得以过河。

长角鹿其实也有野羚这种过河的机会，只不过是它们的坏脾气让它们错过了。一位哲人曾经说过："如果错过了太阳时你流泪了，那么你也要错过群星了。"人类千万不能犯这样的错误，当我们失去一个机会后，懊悔、哭泣都不是第一位的，我们首先要做的，是冷静下来看看还有没有别的机会。

（原载《意林》（少年版）2015年第6期）

遇事静则思变，变则通，通则胜。内心的淡定从容，需要一直慢慢培养，才能在关键时刻显示出作用来。

聪明的电筒鱼

文 / 荒沙

有备无患,亡战必危。

——张九龄

加勒比海附近的深海里,有一种电筒鱼,这种鱼长约 15 厘米,长年累月生活在漆黑一团的海底。

深海海底一片漆黑,电筒鱼依靠双眼根本无法辨别物体,为适应这种环境,经过长期进化,它们在眼睛下面生出了一个"袋子"。"袋子"为绿色有机体,就像我们平时用的电灯一样,能发出一种白光。平时,它们就利用这种白光,在海底吸收和捕食其他小鱼和生物。

漆黑的深海里,有了这点光亮,虽然能保证自己捕食,但也很容易暴露目标引来杀身之祸。值得称道的是,电筒鱼在海底天敌不少,却从来不会丧命,那么,它是怎么保护自己的呢?

原来,当它遇到危险的时候,就会快速调节身体机能,可以立刻关闭"电筒"逃之夭夭。而且,它们还有一种更加保险的办法。它们平时总是三条、五条地在一片区域内生存,当遭遇险情无法解脱后,这几条电筒鱼会突然间全部亮起灯,天敌本来冲着一条去的,此时,看见几条电筒鱼亮灯,顿时犹豫起来,当它正在考虑去吃哪一条的时候,这些电筒鱼会突然间再全部关闭"电筒"。

瞬间，这一带水域一片漆黑，天敌也失去了目标，只能无奈地游走。险情解除后，电筒鱼的电筒又会亮起来，悠然自得地游玩觅食。

在漆黑的深海里，电筒鱼的"电筒"虽然能保证自己捕食，但也存在着巨大危险，好在它们聪明，靠着自身的调节和同伴的帮助能够虎口脱险。生活中，凡事都有两面性，优势也可能是劣势，我们一定要做好相应的准备，应对可能发生的一切。

（原载《考试报》2015年第35期）

不论做什么，做好充足的准备不光是为了规避风险，也是为了组织进攻。准备好，才能更好地出发。

自恋的绵凫鸟

文 / 薄陨

> 不要把自己看得太重要,没有你,事情一样可以做得好。
>
> ——迈兹纳

绵凫鸟生活在北极,为适应极寒天气,生有一身浑厚的羽毛。

如果说绵凫鸟的耐寒天性值得人们称道的话,那么,它的生育方式则让人有些不解。生育前,它先要做一个窝,做好以后,开始用嘴拔自己的羽毛,只见它叼住一根后,脑袋使劲一甩便拔下一根,每拔一根都痛得颤抖一下。就这样,它们从自己身上拔下大量的羽毛铺在窝底,在这个松软而又温暖的羽毛窝里,再严寒的天气也休想冻着它的儿女了。

人们不禁要问,北极有各种各样鸟类,掉落的羽毛也应有尽有,绵凫鸟为什么不捡拾这些羽毛铺窝,反而要忍受疼痛从自己身上拔毛呢?

有关人员做了一个实验,他们选择一些做好窝的绵凫鸟,在它们拔毛之前,用别的羽毛和草叶先把它们的窝铺好。可刚铺好没多久,一个有趣的现象出现了,绵凫鸟突然将这些铺好的羽毛和草叶全部清除出自己的窝,然后照例开始拔毛,直到把窝铺得满满的。

难道是嫌这些羽毛脏或是保暖效果不好吗?于是,这些人又拿来一些棉花,尝试着铺在绵凫鸟的窝底,可还是出现了刚才的一幕,绵凫鸟又是

一阵抓狂,直到把所有棉花清除出窝,然后再开始拔毛……

综合这些现象,人们突然间明白了,绵凫鸟拔毛,实在是一种自恋行为,它们总认为自己身上羽毛是最好的,育儿也是最保险的。

人类也有许多自恋者,他们总是信不过别人,认为谁都不如自己。殊不知,这种自恋最终伤害的是自己,就像绵凫鸟一样,拒绝别人的温暖,必将承受一次痛苦,这或许也是生命的哲学。

(原载《语文报》2013年第19期)

自恋,自大,都是以自我为中心衍伸的产物。自大的人,眼里容不下别人,自然也就发现不了危险,自大就是自我封闭然后自取灭亡。

山洞里的秘密

文 / 魏彩琼

> 历史本身就是自然史一个现实的部分,是自然生成为人这一过程的一个现实的部分。
>
> ——马克思

河流隔开青山的两岸,两山之间宽不足千米,窄不过百米。青山脚下,河流的两岸边上,一个个村庄被绿色的竹林掩映着。村庄里的人世世代代把这条河流当做母亲河,他们从河里汲水,在河里浣衣,也拉着牲口在河里饮水。河两岸的峭壁上,有些不同形状的山洞,大大小小,形态各异。

河流在不同的季节有不同的姿态,水清了,水浊了,水涨了,水干了,都与村庄里的人们息息相关。唯有那些山洞,千百年来一直以同一种姿态静默在山崖上。

老人们爱讲一些与山洞有关的故事,故事的版本不外只有两种,一种与仙人有关,另一种与鬼神染指。但故事无一例外地有个不二主旨,那就是要敬畏仙人和鬼神,不要轻易去接近那些山洞。

然而,他们越是让孩子们远离那些山洞,就越阻止不了他们的好奇。打着手电,点上明火,他们偷偷地进入大人们限定的禁区。大人们从家里摆放着的异样的石头上发现了秘密,顺手拿起扫帚,从村庄的东面追到西

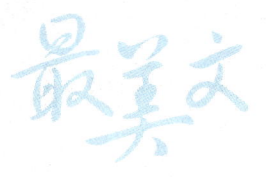

面。到了晚上，几个大人就编故事传播一个孩子失足掉进山洞的消息。即使这样，也阻止不了一群孩子探索新奇的愿望。

从一个私塾先生失踪了三天，又从那个山洞走出来后，那个山洞就变得仙气顿生。先生说他在洞中与白胡子的仙人对弈了一盏茶的工夫，而洞外已是三个白昼。从此，人们就对山洞里居住着神仙一事深信不疑，还编造出给神仙借碗借筷的故事。

他们一代又一代地宣讲着同一个故事，有好事的小孩子躺在祖母的怀里，瞪大眼睛想亲眼看看那种神奇的事，祖母的回答也惊人的相似。她们总是说，仙家是食素的，凡间人不珍惜身边的东西，打破了的，油腻了的，就弄得仙家生气了，再不与凡间人来往了。

山崖的壁上有个葫芦型的山洞，据说，那是仙家的居所，有云有雾时，仙气弥漫，缥缈灵动。峭壁上有些细小的山洞，更或者说是一种细小的裂纹，活脱脱地把一个和蔼可亲的老仙人面容印在壁上。

从我记事时起，他就保持着同一种微笑。无论从哪个位置看去，他都在看着我微笑。传说与现实的印证，更增加了人们对故事本身的可信度。于是那个山洞，就成了远近闻名的山洞。无数人来验证过它的神奇，却谁也不能说出他的神奇，更无法说出它究竟哪里不神奇。

凡是与众不同，并难于解释的事物，都会被赋予一种神秘感。越是神秘，就越能激发人们探索的欲望。尤其是村庄里这群半大的孩子，他们总是梦想着有一天也能遇见山洞里长着白胡子的仙人爷爷，或是在门口叫声芝麻开门，就能捡到无数的财宝。这种神奇的幻想支撑着他们想去探索山洞里的秘密。

他们钻遍了足迹所能到达的每一个山洞，对黑乎乎，扑腾腾飞过的蝙蝠早已不再害怕。甚至踩到脚下小小的骷髅时，也不会再集体逃亡。除了没遇到过仙人，没捡到财宝，山洞里的世界也算奇妙。姿态各异的石头，成群结队的蝙蝠，滴水穿石的神奇。

光亮所射之处，处处都有新鲜的事物。慌忙躲藏的虫子，乱窜的小动物，甚至还有一条小花蛇。惊险而又刺激的场景，除了害怕，还想接着害怕。分明是到了绝境，突然又生出一个小洞，猫着身子钻过，又见另一个宽敞的大洞。柳暗花明，别有洞天的妙趣，极大地满足了孩子们探险的欲望。

晚上，回到家里的孩子们有的头疼了，有的肚子疼了。在大人的追问下，山洞就成了造孽的主宰，他们开始说起谁家短命了的孩子，就丢在那个山洞里。然后端着一碗水在孩子的头上念叨着什么咒语，孩子们发现疼痛慢慢缓解了。他们更加确信有鬼神的存在，山洞的神秘色彩又增加了一层。

某天，一个孩子发现了山洞的秘密。他问大人，为何每个大的山洞口都有人造过的痕迹。它们残破地存在着，塌陷了的，站立了的，留下一些可以辨认的痕迹。可以确定，这些山洞里曾经在某个时期被人们深刻地重视过。

小脚的祖母们泪水涟涟地说起了往事，故事的开端不再是很久很久以前，而是从那年那月开始。孩子们睁大了眼睛，竟然比听仙人和鬼神的故事还带劲儿。

那些兵荒马乱的岁月，这些山洞，曾经是避难的居所。抢匪们扛着枪，扯成线的一队队人马，开进村来，见啥抢啥，每次都满载而归。剩下一个空空的村庄和一群哀哭的村民。

没有武器的村庄，成了任人宰割的羔羊。村庄里那个瞎了一只眼睛的太婆，另一只眼睛毙命在一个凶悍的土匪的枪托子上。她当时只是哀求他们放过她那双心爱的绣花鞋。

村庄里一声"躲贼了"，男女老少们都往后面的山洞奔去。有一个壮汉，他不想失去他的白马，拼命地想牵着它朝后山奔去，在山坡上，一颗呼啸的子弹夺去了他的性命。

那些小小的山洞，原来装着这么多秘密呀！孩子们你看看我，我看看你，最后都不作声了。默默地回到各自的家里，到了第二天，都做了些与山洞有关的奇怪的梦。孩子们在知道了山洞里的第二种版本的故事以后，对山洞探索的热度豁然降温了。慢慢的，那些山洞的洞口都结上了蛛网，长了草木。

孩子们又从教科书里知道了人类的起源，总是不自觉地抬头看那些山洞，揣测着祖先们的来历会不会跟这些山洞有关。事实上，他们从未发现过一片能证明人类文明的器皿。

当然，不是每个山洞都藏得住人类文明的历史，但是，每个山洞里也必然承载着自己的使命。正如，村庄后面这些大大小小的山洞，它们曾深深地吸引着好奇的孩子们，还坚实地保护过这群孩子的爷爷的爷爷们。

（原载《语文周报》2013年第31期）

山洞见证的某些历史，不管过去多少年，人们都能清晰地记得这个地方曾经发生的一切。山洞是本历史纪念册！

三生花草梦苏州

文 / 范文超

我不是不爱人类，而是更爱大自然。

——拜伦

清人龚自珍曾吟唱过江南苏州的秀美，苏州的四季各具特色，每一季都会有些印痕存在你的记忆里——不忍挥去。而我却单单想用稚拙的笔描摹下她的四月，不单单是因为我生在这个季节，更主要是因为那是苏州一年中的黄金节气。

今年的春季稍显离奇，在临近四月的那些天，晚上似乎冷得都要穿起羽绒服。但进入到四月，特别是清明前后，天气迅速回暖，市民们更多的来到户外踏青，在暖暖的日光里游弋。

苏州的公园，又多又精致。苏州人是相当会享受生活情趣的，哪怕平日里有繁絮的公事与家务，他们也定要抽出些许时间来休闲。免费的公园自不必说，那些略收些费用的私家园林，亦常常是出现非外地游客的本地人，他们在那里下下棋，听听评弹昆曲，一壶清茶冲好，一个半天就过去了。

春日回暖的时候，院里院外，又见花吐芳、树吐绿——那是不同于冬季苏州的绿，满眼是新鲜，满眼是春意，最是一年春天的好处！看吧，有樱花、白玉兰、绣球花、枣花、石榴花、夹竹桃，陆陆续续地都一棵棵地妩媚起来。

开放最早的当是樱花吧,一簇簇的樱花醒了,洁白如雪,在枝叶间团团地相互抱着。有时,会有调皮的花瓣随风飞落下来,似一只只蝴蝶翩翩起舞——分不清是花瓣,还是蝴蝶了。山林间,墙院里,常常可见。端的是千树万树,端的是千朵万朵,向城内城外洒出馨香的馥郁。

而接着报到的是白玉兰,从诗情画意的虎丘山,直开到古朴典雅的平江路,不分大街小巷,不分何户人家,墙上墙下,院里院外,河岸两旁,东西两厢,到处有她的倩影,到处是她的家乡。白玉兰定是玉兰花中最高贵的吧,虽然一棵树上开得不是那么繁盛,但一朵朵亭亭地立在枝上,宛如一支支灯盏,更像是披着一袭白裙的希腊圣女。

玉兰树本是产自长江流域,临近苏州的上海更是把玉兰作为"市花"。而有一款早已风靡多年的化妆品,正是叫做"玉兰油",也许它的原料不一定是萃取了玉兰花,但用花名做化妆品,单是听起来,就觉得美艳极了。

玉兰是三月末四月初就展现风姿的,而四月中下旬时分,绣球花也出来凑热闹了,在层层绿叶间露出张张笑脸,被太阳照着,煞是好看。枣花是不易察觉的,淡绿色,和嫩叶的颜色易混,而且又那么小,只比芝麻大些,所以不明就里的人儿会以为枣树是不开花的。但人们会惊喜地瞪起眼,因为枣树会吐出幽幽的兰蕙之香,在风停日暖的午后,在远山含霞的黄昏,会把满院子都浸润得幽静淡雅起来。

老城区的人家一住都不知道多少代了,被园林文化滋养了近千年的他们,侍花弄草自是生活的组成部分了。石榴花开映出颗颗红点,夹竹桃撑起粉红的花瓣,而左右却是满眼的碧色,衬得那些红啊,如少女羞赧的脸蛋,这正是花卉主人匠心独具的搭配。院里院外,明媚多姿的,欣欣然的样子,真真是人间仙境啊!苏州人家的屋子,多是阁楼式的院落,要么是前后弄堂的布局,平江区与沧浪区的巷子是有些紧窄的,但那本来就是用来撑着油纸伞款款地走的,而不是车水马龙的大马路。

有许多讲究的人家把窗子设计成园林式的花窗,女人们坐在门口打毛衣,男人就伏在岸上看书写字,一望窗外的四月风景,想没灵感都是不可能的。这姹紫嫣红的春天，不只是大自然的赐予，更带着主人一手诗情画意侍弄出的别致。

苏州这座天堂，谈到春天，自然得有绿树的点缀，而适宜于点缀婀娜多姿的苏州的绿树，又莫过于柳树。还是那条护城河，一条护城河犹如给苏州这位美女镶制的银项圈，上面跨过的座座桥就是嵌在上面的晶莹配饰。而城内更是有数不清的河流与数不清的桥，"处处楼前飘管吹，家家门外泊舟航。"户户人家就枕在这条条河流边上。好远，那情形一样是婉约缠绵的。

若是坐在船上围城游一遭，两岸的柳绿绝对是一主色调，再配上那些粉墙黛瓦、水陆城门、游船画廊，那简直就是一卷现代版的"姑苏繁华图"。在古老的平江路、山塘街，一株株柳树被碧玉刚刚妆饰好，以"巧笑倩兮，美目盼兮"的模样随风摆手，热切地与国内外的来宾打着招呼。

一对对浓情蜜意的新人、一位位年轻美貌的女孩儿，在岸边留下青春的记忆，而时不时传到耳朵里的软软吴歌，是摇着橹、荡着清波的姑苏驾娘唱的，她们款款地从唐诗宋词中走来。而这又仅仅是苏州的内城模样，城外的春光，怕是同样美到了无法想象。

苏州的四月是迷人的，苏州的四月又岂是我一管秃笔能描摹完的呢，我只好用我一双眼，慢慢地看着，怕是看一辈子，都不会觉得够吧！

（原载《语文报》2015 年第 6 期）

自然给予人的，不光是赖以生存的物质，还有精神上的高度自由。

第五辑

唯有爱舍弃不掉

　　工蜂短短的一生告诉我们，那种同类中的相互涂毒，那种生命中的弱肉强食，从生命的本质意义来讲，并非进步而是一种倒退。明白了这一点，也就使得我们懂得：生命的诞生就是为了爱。

大王花与原上草

文 / 思想者

自立自重，不可跟人脚迹，学人言语。

——陆九渊

在印度尼西亚的苏门答腊的热带密林中，生长着纳夫来希亚花。全花呈红色，但有许多淡黄色或者淡紫色的斑点。花瓣中央有一个三四十厘米的大花蕊，像个大圆盘似的，如果盛满水，也得有五六公斤重。这种花的直径有一米四左右，全花重达六十多公斤，堪称世界花中之王，因此，人们又叫它大王花。

然而，我却不大喜欢大王花，因为它不但没有茎和叶，而且没有根，一生只是一朵大花。也就是说，它不能独立生活，退化的茎变成了菌丝状，是寄生在葡萄科植物的藤的根茎上，用菌丝吸取寄主的养料。

这世上有种人多么像大王花，他们的所谓令人惊羡的美丽和让人仰止的名望，其实都不是靠自己的奋斗得来的，而是倚靠他人的力量获得的。

相反，我更喜欢原上草，其实就是原野上极普通的小草。它既没有花的馨香和艳丽，也没有树的婆娑和伟岸，它实在是太卑微、太平凡了，以至人们都不愿意多看它几眼，甚至忽视它的存在。

然而，这看似不起眼儿的小草，也有绿满天涯的梦想，尤其是它的品格，最值得人们学习和称赞。小草有着顽强的生命力。它不择地而生，也不倚靠谁，即使身陷逆境，也不怨天尤人，而是为了心中的梦想坚韧地抗争命运，哪怕被烈火焚烧，也能岁岁春荣。

此时，我不由想起唐代大诗人白居易，他就是一株原上草。白居易虽出身于官宦之家，但家境并不富裕，又因战乱而随父颠沛流离。他自幼好学，五六岁便学写诗，九岁谙识声韵，他这样勤奋刻苦，夜以继日，以至口舌生疮、手肘成胝。

据说，白居易初到长安，携诗拜访京城的名士顾况。起先，顾况看到"居易"的名字打趣地说："长安米贵，居大不易。"待他读到白居易早年的习作《赋得古原草送别》时，被其中的四句诗"离离原上草，一岁一枯荣。野火烧不尽，春风吹又生"所吸引，不禁大为赞赏说："有句如此，居亦何难！"白居易一生写诗近三千首，终于成为一代大家。

如果我们成不了让人羡慕的大王花，那么，就让我们做一株忘忧的原上草吧，自由自在地唱着歌谣，努力地长出属于自己生命的颜色！

（原载《考试报》2013 年第 21 期）

不去羡慕谁，也不去攀比谁，每个人都是独一无二的。我们都是开在同一片山涧的花朵，无论处于阴面还是阳面，都会拥有属于自己的精彩人生！

杏花误

文 / 月下清荷

　　暖气潜催次第春,梅花已谢杏花新;半开半落闲园里,何异荣枯世上人?

——罗隐

　　暮春之暮,落笔为杏花,以虔诚的姿势。

　　为文码字几年来,花是笔下的常客,樱花、桃花、蔷薇、茑萝、忍冬、桂花、栀子……浅近地表达,藏着深深的喜爱。毕淑敏说,她喜欢爱花的女性。我猜想,感染她的可能是爱花女子由内而外散发的气质吧,心境温和柔软,心性简约朴素。

　　花是最好的化妆品,可不是,暖暖的阳光下,在飞瀑般披挂的蔷薇花前坐,脸颊上飞上一抹绯红,人面蔷薇相映红,怎一个美字了得?无论庭院里,郊野外,还是名贵的,平民的,相遇之时,定是心动之际。姹紫嫣红或清远幽香,皆禅意悠远。花开见佛,每一朵花都是禅语一味,淡清心,意出尘。

　　可是怎么就偏偏冷落杏花了呢?

　　小学读书五年,从家到校,走的多是细如腰肢的田间小路。小姑家在村子的最路边,是我上学放学的必经之地。她家门前有两棵杏树,足有一人多高,粗壮茂盛,枝叶葳蕤。最为期盼的,是杏子成熟时。每每路过,小姑他们总招呼我过去，口袋里被塞上满满的杏子，一路上美滋滋地吃着，甜味一直流到心里。哪曾顾得上留意杏花，几时怒放？花开何色？花期多久？莫非，最熟悉的真的是最容易被遗忘的吗？

一别，至盛年。

夜读，不期而遇丰子恺的字画《春日里，杏花吹满头》，寥寥数笔勾勒，浓淡之间，趣意跃然。蓝天白云下，山岚如烟如雾，山道蜿蜒曲折，三两行人悠闲地走着。

道旁山石缝里，一株杏花横斜出，明媚艳丽，风起时片片胭红随风而舞，飘落在行人的头上，肩上，地上。这才惊觉，走了这么久，最美的年华里，我与杏花彼此错过，彼此辜负。

寻寻觅觅，觅觅寻寻，而今，遇见杏花是平常。春寒料峭中，静悄悄的杏花像个清雅、素洁的闺秀，羞答答地拉开春天的序幕。漠漠轻寒，挡不住她为早春涂抹秀色的脚步，安安静静地开着，无论你看或不看，都一念执着，开出自己的精彩来。

而此时的桃花和梨花呢，正行走在赶往春天的路上，踮脚张望的人们用热切的目光迎接着，期盼着。待到桃花灿若朝霞满天时，晶莹的梨花像银碗里盛雪般的盛大绝美，有谁还会在意不争、不语、素净的杏花呢？

不禁为杏花鸣不平。

当读到李渔在《闲情偶寄》里写下的："树之喜淫者，莫过于杏。"真想穿越回明清时代，和他老人家理论一番，为本就不讨巧的杏花讨个说法。早春时节，刚刚醒来的大地万物还一脸灰蒙蒙时，红杏就不顾凛凛清寒，最先绽放伸出墙外了。她不为争艳，不求点赞，只是默默地点亮春天的一隅，为那些晚间行走的花儿照亮来时路。如此好意，却被误会，怎叫人不为她叫屈？

好在更多的文人对杏花是赞誉有加的，在他们的笔下，杏花充满了诗情画意。你看，"牧童遥指杏花村"，酒幡飘摇的村子深处是赏不完的杏花

吧；你瞧，"小巷明朝卖杏花"，江南蒙蒙烟雨里，穿着薄纱衣衫的姑娘挎着竹篮，从巷子里款款走来，篮子里是刚采摘下来的杏花，和卖花姑娘一样的芬芳可人；你听，"杏花疏影里，吹笛到天明。"这样的意境怎不令人痴迷？衣袂飘飘的佳人，在朦胧的月色里，在杏花的影影绰绰里，一直吹笛到天明，她是在等人吗？花无语，月无声，或许，没有答案就是最好的答案。

今春脚步渐离远，杏花早化作春泥。聪明的你，有误才会有悟，悟了便是值了。

(原载《语文报》2013年第21期)

零落成泥，只有香如故！多一点奉献精神吧，就像杏花那样执着。

蝴蝶你不要扇起龙卷风

文 / 纳兰泽芸

大礼不辞小让，细节决定成败。

——汪中求

"巴西丛林一只蝴蝶扇动翅膀，可能会在美国得克萨斯州掀起一场龙卷风"，这就是可怕的"蝴蝶效应"。表面看来似乎不可思议，但"蝴蝶效应"告诉我们，对待不良事物若未及时防微杜渐，难保不会导致大局的分崩离析。

就像不久前在某些城市出现的破坏人们社会道德底线的事情，这些事情，将爱心、善良、关怀、仁慈、助人为乐、侠肝义胆这些美好的词汇，蒙上一层浓重的阴翳。

这样的事情，就像蝴蝶扇动的翅膀，处理不当，极有可能会引起一场精神的龙卷风，将人们的道德与正义底线破坏甚至摧毁。

2月17日下午，江苏南通一位骑电瓶车的老人突然摔倒昏迷20分钟。在这漫长的20分钟里，围观的人群水泄不通，可是没有一个人上前搀扶，甚至没有一个人拿出口袋里的手机报警！

直到20多分钟之后，执勤到事发地点的交通协管员拨打120，昏迷的老人才得以送院抢救。

有人说，我"不敢"上前去搀扶啊。他强调了他不是"不愿"，是

"不敢"。

这话听着似乎有些道理。

当前社会上流行着这样几句话：路遇不平事，只当袖手观；拒绝学雷锋，善举不可彰；好事做不得，好汉不能当；见死不能救，谁救谁遭殃。

人们还记得"彭宇事件"。

彭宇是南京一名白领，在公交车站看到一位摔倒在地的老太太，彭宇出于同情心将老太太扶了起来并送往医院。没想到，后来老太太一口咬定是彭宇将她撞伤，向他索要十多万医药费并将之告上法庭。

有"前车之鉴"做底子，人们非"不愿"，是"不敢"去"多管闲事"，凭良心来讲，的确说得过去。

但是，当老人倒在地上昏厥了20多分钟，成十上百的围观者"不敢"上前搀扶救助，是出于"自保"还勉强说得过去的话，那么掏出口袋里的手机摁下三个数字"110"或者"120"，就不是什么难事吧？要知道，耽误一分钟抢救时间，老人就有可能失去生命。

可是当这样的"袖手观"已经冷漠到看到一个人奄奄一息，却连掏出手机拨三个数字都不愿意的时候，我们还能再说些什么呢？

想起了亚弗烈德·阿德勒那句著名的"使别人快乐"的话。

奥地利精神医学家亚弗烈德·阿德勒，以他高超而独特的精神疗法享誉世界，他治愈了无数精神濒临崩溃边缘的孤独症和忧郁症患者。他有一个貌似简单但却神奇的处方，他说，只要按照他这个处方去做，14天内，病人的孤独症或忧郁症一定可以痊愈。这个处方是："每天都想一想，怎样帮助别人，使别人快乐，让别人感受人世间的爱心力量。"

他的病人中有一位50多岁的女士，丈夫因病离世不久，唯一的儿子也不幸意外身故，这突如其来的双重致命打击将她的意志击垮，她患上了严重的忧郁症，总想着如何自杀。

阿德勒着手治疗她，他知道她喜欢种花，就鼓励她种许许多多的花，然后将这些姹紫嫣红的鲜花送给附近医院的许多病人。她用爱心给病人们带去了欢乐，也收获他们真诚的感谢。慢慢的，女士有了生活的寄托和快乐的理由，她的忧郁症被彻底治愈。

可是，如果这个女士生活在如今，她善良的、充满爱心的举动可能会招致某些猜疑，甚至会给她带来某些麻烦和不幸。对此，恐怕医术高超如阿德勒，也会束手无策吧。

丢失一个马蹄钉，就丢失一个帝国，这是拿破仑讲给他手下一名军官听的故事。那名军官不太注意战争中的小细节，拿破仑就告诉他，有个国王去打一场关乎国家生死存亡的仗，他发现马掌上少了一个马蹄钉，一时间找不到，他就骑着这匹马上战场了。在拼杀的时候，因为少了一颗钉子，马掌脱落了，马摔倒了，国王也被甩至马下被敌人的战马当场踩死。他的帝国也随之丢失。

所以，不要以为蝴蝶扇扇翅膀是小事。我们当下要做的，就是阻止那只蝴蝶再扇动它丑陋的翅膀，让那席卷道德与正义的龙卷风就此停息，并永不再来。

（原载《做人与处世》2012 年第 11 期）

任何重大事故，基本都是由小错误引起的。正所谓一个铁钉毁了一匹好马，一匹好马毁了一个将军，一个将军毁了一场战争，一场战争毁了一个国家！防微杜渐，把灾难遏制在萌芽之中！

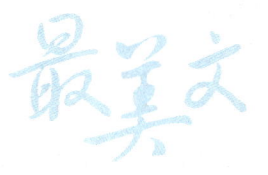

冬 湖

文 / 袁恒雷

大自然的每一个领域都是美妙绝伦的。

——亚里士多德

初冬时分,我来到了这座湖的身边,离开它有几个月了,想看看它冬日的模样,那似乎是个未了的心愿。

车沿着湖滨大道不疾不徐地行驶着,沿途是许多尚未褪尽色彩的树木,游人穿梭其间,偶有对对新人,在草地树木里留下甜蜜的回忆。下了车,我等不及跑到它的身边,放眼远望,一轮橙红的太阳向西侧渐渐滑去,悬在远山与近水间,如珍珠含在半开启的蚌嘴里,闪耀着迷人的光芒。

湖面上是一艘艘游艇,慢悠悠地动着,我不知它们在那里沉醉了多久,那情形似乎想要沉醉一辈子似的。湖水在有些寒意的风里,皱了平,平了皱,水光潋滟着,时有尾尾鱼儿游过,更显得波光熠熠了。我望着这初冬的湖水,车马劳顿的浮躁不由得平和了许多,舒展的思绪如同这层层的涟漪,远远地荡开了去。

沿着湖面游走,那湖边的柳枝千条万条,细细弱弱,像穿着长褂的青衫先生,身前身后,和友人拱拳长揖,这拱拳里,是相逢的欣喜;这长揖下,是离别的叹息。我行走在欢喜与叹息间,不经意抬眼,面前赫然是莽莽苍苍的一丛丛残荷,在暮色与波光里,沉淀成浓重的黛色,延展出那么多。我知道,数月前的你定是一位风度翩翩的美少年,如今换做风雨江湖中的倦客打扮，以苍寒凛然的姿态示人，却依然受着人们的喜爱。周围架着的摄像机居然排到了街边，那些人或许记住了你一生的容颜，他们比我更清楚呢！

残荷的影子淡墨一样，在伸手可握的一把冬风里，有的团团挤着，挤成一汪老绿；有的稀疏地立着，三支两支，各怀着惆怅的模样；有的已经枯萎，皱的倦了，索性躺在水里，似乎下定了决心收藏起自己的容颜，不想出门见人。想想春末时分，清荷出露水，亭亭玉立，直至夏日，千朵万朵，娇柔芬芳，直映得荷花别样红了——红到日边来。如今，她们是卸了妆，收了心吧，单拣素衣素裙着身，寂寂地面对这日后的清寒日子。

这宽阔的湖面委实动人，眼前的树走过后，那水天一色的壮美便劈头盖脸地扑来，似大梦初醒之感——有着酣睡后的舒畅。从身前直至远方的山峦，那银白的水面，微微地颤动着，如薄醉的夜晚，后半夜醒来，陡然看见一窗子如水的月光，方明了"吾心似秋月，碧潭清皎洁"的意境，心里顿时澄澈清明了许多，那时分都不想回头睡去。因而，面对这湖光山色，所有的人都不会大声讲话，他们的声音都变得柔和了，一切的莽撞与这样静谧的氛围是多么的不搭调。

再过一会儿，太阳终于落了下去，周围似一片苍灰的天幕罩着，和银色的湖水在远方静静地合拢起来。扑愣一声，前面的几棵树上居然惊起了几只野鸭，它们迅疾地向着对面的山飞去了。那情景让我恍惚有身置枫桥畔夜泊客船的错觉，可我更多的是"野旷天低树，江清月近人"的自然感受，因为在这平静的湖畔，在这冬水长天之间，在这充满故园气息的荷花水里，我的心感到的是温暖妥帖，而不是客居他乡的愁烦。

（原载《语文周报》2014年第5期）

如果你曾郁闷烦躁，或者焦头烂额，那么你就可以出去走走了。大自然不能帮你解决问题，可是一定会带给你一些什么。

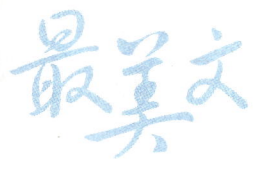

野杜鹃开在最险处

文 / 美丽人生

逆境有一种科学价值，一个好的学者是不会放弃这种机会来学习的。

——爱默生

北国林都的野杜鹃，总是牵着春风的手，绽放灿烂的笑靥，把小兴安岭妆扮得姹紫嫣红，烂漫缤纷，分外妖娆。

山里人，尤其是少男少女，最喜欢采折野杜鹃了，那是大自然为他们准备的春天的礼物。他们把采来的野杜鹃插在水瓶里，花香就会弥漫满屋。野杜鹃不仅装饰了山里人家，还装饰了他们的生活和希冀。

这些多年生的野杜鹃，只因为生长的境况不同，它们的际遇和命运也就不一样了。它们有的长在平坦的林地里，有的长在山坡上，还有的长在险峭的崖壁之处。虽然林地和山坡上的野杜鹃因生长环境优越而最先开放，但是，等待它们的将是被人采折的命运。

正是由于这儿的野杜鹃好采，又没有任何危险，所以人们最先折到的就是此处的野杜鹃。而崖壁之处的野杜鹃，则躲过了被折的命运，还现出另一番光景，那一簇簇的野杜鹃开得正艳，花朵绚烂若烟霞，只能让人羡叹！

同样是野杜鹃，两者的命运结局却大相径庭。顺境中的野杜鹃也曾春风得意，却不知退步守身，危险将至，最后乐极生悲，无枝可折，昔日的风光如同过眼烟云，留下的只是一场空梦；逆境中的野杜鹃，虽生不逢时，命运多舛，但从不矢志悲观，怨天尤人，而是处众人之处恶，懂得愈是不被人注意、看似危险的地方才愈安全。故能在保全自己的同时，穷则思变、厚积薄发，让生命绽放出艳丽夺目的花朵。

由此悟得：一个人顺境时不能自得，锋芒太露容易招来妒忌，安乐中也会隐藏着忧祸，所以要才华须韫，居安思危，处进思退；一个人逆境时也不要自卑，而应随遇而安，自强不息，须知危中有机遇，险处有风景。就像开在最险处的野杜鹃那样，用智慧成就梦想。

（原载《语文报》2014 年第 6 期）

生存是件很残酷的事，其中最好的办法就是迎着困难不断地挑战自己，不断强大起来，这样才不至于被淘汰！

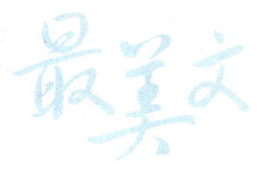

十里桃花

文 / 梅雪

　　自然不掺杂半丝人情。谁反抗它，谁就被一脚踢开；谁顺从它，谁就承受其恩典。

——佚名

　　枕边书随手翻起，与一首诗不期而遇："去年今日此门中，人面桃花相映红；人面不知何处去，桃花依旧笑春风。"被诗里的故事深深打动。英俊潇洒、才思敏捷的诗人崔护，清明节时游览长安南庄，口渴难耐。当看到一个幽静的农家院落里桃花盛开，满心欢喜，就过去讨水喝。

　　这户人家的姑娘靠着小桃枝看他喝水，姑娘洁白光润的面庞映着桃花，姿态妩媚。等崔护离去蓦然回首，却发现姑娘仍在脉脉含情注视着他。来年清明，崔护想起姑娘，复去寻找，只见门庭依旧，桃花依旧，不见了思念之人，临行前，就在大门左扉上题写了这首诗。

　　爱情就是这样，猜得到开头，却猜不中结局，峰回路转最是圆满。几天后，崔护办事又经过这里，听到院里传来悲痛的哭声。得知姑娘探亲回来，一遍遍读着题诗后，一病不起，刚刚断了气。

　　伤心欲绝的崔护来到床前，想象着初相见时她桃花般的娇容，不禁放声大哭起来，边哭边呼喊：我在这里，我在这里！奇迹出现了：姑娘居然睁开眼睛，活过来了。最终，崔护和他桃花般美艳的姑娘修成正果。

花为媒，情相牵，成全一对夫妻，不禁为桃花叫好。

对桃花赞誉有加的，还有诗经里的先人们：桃之夭夭，灼灼其华；之子于归，宜其室家……桃之夭夭，其叶蓁蓁；之子于归，宜其家人。

读罢，眼前浮现的是，除了铺陈十里的夭夭桃林，漫山遍野的灼灼芳华，和香气四溢的桃花味道，还有一位像桃花一样娇羞鲜艳，像小桃树一样充满青春气息的出嫁少女模样来。她不仅长得美，心也美，把欢乐和美满带给婆家。可见，桃花自古以来就是爱的使者，美的化身。当然，也见证了爱的凄美绝伦。

和秦淮玉女李香君情到深处，风流才子侯方域赠送一柄上等的镂花象牙骨白绢面宫扇给李香君当作定情之物。后来有桃花扇一说，是在李香君被强娶之后。为爱忠贞不屈的弱女子跳楼逃婚，怀里的绢扇上溅满了鲜血。侯方域的朋友被李香君的贞烈品性感动，就着扇面上的点点血迹稍作点染，血迹便成了一朵朵鲜艳欲滴的桃花。再以墨色略衬枝叶，一幅灼灼动人的桃花图便绘成了，并题上桃花扇三个字还与李香君。

自此李香君日日扇不离身，昼思夜想，盼望着远行情郎的归期。直到来年漫山遍野的十里桃花浓情盛开，灼灼芳华，而血染的桃花扇交到侯方域手中时，已是阴阳相隔。斯情，斯景，凄美得令人整颗心湿润缱绻起来。美好的东西为何总是转瞬即逝？欢从何处来，端然见忧色。世间最美的，必是伤的最深的吗？

那年春天，独自去鼓山寺。在寺内，第一次看到成片的桃花林，好一个碧树繁花，一朵，一朵，又一朵。算是误闯误撞吧，在蜿蜒曲折的山路上走着走着，迷失了方向。转角处粉红的桃花林似是故人来，默然无语地揽我入怀。不说，是懂得，更是慈悲。选一棵桃树，花下坐。静静地发呆，一个人发呆。

暖暖的太阳照在脸上，身上，春风轻扬，香气扑面来。人面桃花，相映红，春风笑，人静默。桃花总是这般令人自思量，多浮想。"桃花坞里桃

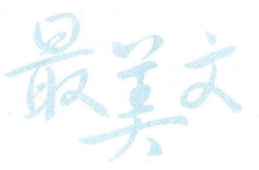

花庵，桃花庵里桃花仙。桃花仙人种桃树，又摘桃花换酒钱。"唐寅笔下的桃花庵何似于世外桃源啊，多么令人神往的生活，想必每个人心中都有个桃花源吧，酒醒只在花前坐，酒醉还来花下眠。半醉半醒日复日，花落花开年复年。与花相依相伴，怕是世间最妥帖最纯粹最梦想的一味梦了。

想起丁立梅说过的"真想，在桃花下，再邂逅一个人，再恋爱一回"，不禁一笑，哪有岁月可回头？哪有人儿可等候？那些过往变成花间一壶酒，温一温唇，湿一湿心，人生就走完了。

站起身，拍拍身上的尘土，走向来时路。灼灼芳华的桃林里真实地醉过一回，回去将继续种花，花种在地里，芳香一季；种在心上，芳香一世。

红尘三分景，一分花香盈，一分时序替，一分在修为。

（原载《考试报》2014年第33期）

桃花承载了心事，承载了人的永恒，这就是自然的力量。

感悟达子香

文 / 守望苍天

心如大地者明,行如绳墨者彰。

——刘向

每当春回大地、万物复苏、残冰还没有完全消融的时候,达子香欣欣然地睁开惺忪的眼睛,迎着微微的风,绽放着淡紫色的笑靥,散发着淡淡的清香。

小兴安岭上的达子香,是一种多年生的常绿灌木,它分枝多,叶互生,花开在枝顶。它既不高大,也不粗壮,看似柔弱,实则刚强。无论命运把它抛在哪里,哪怕是险崖峭壁,达子香也不怨天尤人、悲观失望、自暴自弃,而是紧紧地抓住一点儿泥土,咬定不放,它就能绝处逢生,让生命开出灿烂的花朵。你看,在山坡、在丛林、在溪边、在崖上,那一片片红彤彤的不正是盛开的达子香吗?它像火似霞,绽放的可是生命的颜色?哦,达子香,虽然你什么也没说,却给了我生命的启迪。

曾经年少的我爱追梦,在达子香花开的时候,默默地在心里许下一个诺言,等到有一天,我一定要像达子香那样绽放生命的美丽,实现我的梦。

然而,许多年过去了,在人生的旅途上,我磕磕绊绊地一路走来,也曾浸透奋斗的泪泉,收获一丝成功的喜悦,但更多的是苦闷和失意。

梦想有时就像一只鸟，当我蹑手蹑脚地靠近她时，想要伸手捉住它，它却像受到了惊吓，翅膀一"扑棱"，飞走了。我的愿望落空了，似从云端坠下，重重地摔在地上，我又回到了现实的世界中。

我常常徘徊在家房后河堤上的那条小路上，一边踱步，一边思考。不知不觉，我顺路来到了山脚下，猛抬头，我眼前一亮，就看见在陡峭险峻的悬崖上，一簇簇的达子香开得正艳，像火一样燃烧着生命的激情。

此时此刻，我突然被眼前的景象震撼了。像达子香这样原本普通的生命，身处逆境，泰然处之，既不畏惧生存环境的恶劣，也不放弃最初的梦想，它以常人无法想象的坚忍顽强地与命运抗争，硬是在崖壁上开出艳丽的花朵，露出灿烂的微笑，创造了生命的辉煌。面对达子香，怎能不令人感喟呢？

此时此刻，我似乎领悟到什么，往昔的苦闷和迷惘不见了，我的心胸豁然开朗，从此变得更加坚强。

（原载《语文报》2015年第21期）

"墙角数枝梅，凌寒独自开。遥知不是雪，为有暗香来。"生命只有在越严酷的环境中才越能焕发最原始的本能！

老树"新生"

文 / 徐伟

  人的一生,应当像这美丽的花,自己无所求,而却给人间以美。

——杨沫

  周末早上十时许,家住休斯顿的琳达太太收拾好房间,走出家门,向离家不远的公园走去。快到地方时,琳达看到公园外围了一群人,不免好奇,三步并作两步赶向前。听了一会儿,明白是怎么回事后,琳达也情不自禁地嚷起来,究竟是什么事让大家义愤填膺呢?

  原来,这些人都是住在附近的居民,他们名义上与公园为邻,但要进去却要绕很大一个弯才能走到公园正门。好在这里有两棵百年栎树,长势特别好,遮天蔽日,像巨大的伞庇护着人们。

  炎热的夏季,人们在树下纳凉、谈笑,很是惬意。然而现在,只剩下两个光秃秃的树桩,树身不翼而飞。

  直到中午时分,人们的情绪才稍稍平静下来。作为年长者,琳达说:"大家不要生气了,这样吵来吵去于事无补,我们应该报告给政府,查出真凶,为老树讨公道。"众人一听,纷纷赞同,一个年轻人自告奋勇前往。不久,他回来说,市府接待办的人称,明天一上班就向领导汇报。

  第二天,吃了早饭,琳达和邻居们都聚到了公园外。大家都想看看栎

树案有什么进展，想知道是什么人这么狠心，将长得好好的树给砍了。正说着，一名公差来贴布告。众人一下子围了上来，但，内容令他们怎么也高兴不起来。

上面写着，栎树所在的土地，被"签名城市"房地产开发商买去建房，所以砍了并不违法。看罢布告，人们仿佛突然挨了一记闷雷，登时目瞪口呆。反应过来后，也只能叹息连连。

黄昏时，曾经受惠老树的人们都聚拢来缅怀它们。正当人们伤心难过时，法学教授汤姆拿着测量工具来了，他说要量一量老树是否占了开发商的土地。人们纷纷后退，提供方便。

不一会儿，汤姆教授愤怒地说："开发商砍树是违法的！我就说嘛，完全合法开发商不会半夜砍树，掩人耳目，必有蹊跷。果然不出所料：市政法令规定，如果一棵树的树干有一半在公共用地上，那么任何人不得砍伐，而其中一棵栎树恰恰是这种情况。也就是说，这家公司在明知犯法的情况下，依然砍掉两棵枝繁叶茂、极其珍贵的老树。我要亲自向政府反映情况，让无视法律和大众利益的开发商付出代价。"人们沸腾了。

市政府在确认汤姆教授所言为事实后，向他和市民为工作上的疏忽道歉，并向"签名城市"公司索赔50万美元，索赔无果后，将其告上了法庭。休斯敦市检察官戴夫·费尔德曼接受媒体采访时说："被告将其商业利益置于市民享受阴凉的权利之上，我们必须有所作为，让他知道公众不能容忍这种行径。"

在等待宣判的日子，汤姆教授呼吁大家为百年老树真真正正讨回公道。他说："我们的先人在100年前栽下这两棵树，为几代人带来便利。如今，它被无良商家残暴地砍了。我提议，禁止开发商在这里建房，让他们种上栎树谢罪。也好为我们的后代造福。"大家纷纷响应教授号召。

可是，"签名城市"采取拖延法来应付市民，这激怒了他们，他们举行了声势浩大的示威游行，条幅上用醒目的大字写着"签名城市滚出休斯顿""签名城市不种栎树，从此不买其所建房"。轰轰烈烈的游行，激醒了顽固的开发商，同意接受处罚并种树。

一周后，在百年老树曾经生活的地方，种上了一片栎树苗。望着阳光下舞蹈的小树，人们笑了。这件事发人深省，也让人们意识到，法律的空子钻不得，民众的感情伤不得，爱护树木、造福子孙，是每位公民义不容辞的责任。

（原载《才智》2014年第1期）

在城市建设和环境保护的矛盾时刻，怎么做出选择才能保证受益最大化，这是非常重要的！

感性的麻雀

文 / 梅雪

生命，只要你充分利用，它便是长久的。

——塞内加

冬渐央，寒气像一把闪着冷光的剑，肆意地挥斩，天地之间一片森寒，弥漫着萧瑟的肃杀之气。怕冷的我像岸边孱弱的小草，被一把卷进冰冷彻骨的寒流里，欲挣不能。厚实的棉衣俨然是舞台上的道具，温不热这一浪高过一浪的砭骨清寒。索性蛰伏在冬的腹地，做一只冬眠的虫子，不妆扮，不写字，不出行。

吹完熟悉的葫芦丝曲，是少不得看书的，阅读于我，是执手相望的温暖。很多时候，它们像一阵风，轻拂蒙在心灵一隅的浮尘，清心，明目；更多时候，它们是一支红烛，暮色中晕漾开来的光亮将中年的江湖映照得充实而寂寥。

一场灵慧的雪不早一步，也不晚一步，翩然而至旧年的末梢，拧亮了新春。行人踩在积雪上的吱吱声，像悦耳欢快的音符，敲击在心房。意随雪飞，踏雪心切，一番精心梳洗，推门而出，一路西行。

下了桥，绕到环城河水景公园之一的主题公园，精美的园林化设计，修整一新的景观带，恍若置身于梦里江南水乡。蜿蜒的河道如少妇曼妙的身段，缓缓的水流绸缎般缠在小城的腰间，平静的水面倒映着两岸参差的树木，偶有调皮的鱼儿跃出水面，惊碎了远处高楼的倒影。对岸屋顶上的积雪，像诗经里的那些情事，在时间的洪流里日渐消融，然而，熠熠闪烁的光芒永不褪色，常念常新。

踏上依水而建的栈道，倚栏望去，小桥流水人家，枯藤老树，不见昏鸦，倒是靴子踩在木板上发出的声响，惊起寒雀一片，"哗啦啦"从树缝间扑棱棱四散飞去。想起苏轼在《南乡子·寒雀满疏篱》里写道："寒雀满疏篱，争抱寒柯看玉蕤，忽见客来花下坐，惊飞，踏散芳英落酒卮。"

冰雪中熬了一冬的寒雀，梅开见喜，喧嚣梅枝，奔走相告着春的讯息，完全沉浸在梅花缀树，葳蕤如玉的喜悦之中。直到客来花下，坐定酌酒，它们才觉而惊飞。斯情斯景，令人唏嘘。到底是世间的人，比起寒雀的率性果敢，我们少了勇气，短了志气。隐居在生活的泥淖里，默然无语，纵是委屈的泪在眼眶里打转，身边人，手中事，却是丢不下，弃不得。

早些年，教过屠格涅夫的《麻雀》。一只幼雀遭受猎狗侵犯的生死关头，老麻雀像石头般落下来，尖叫着，逼近着，吓得猎狗步步后退。弱小的鸟儿用最直接，最朴素的方式为我们诠释了母爱的伟大，无私的付出是爱最好的注脚。

雀犹如此，人呢？曾经是母亲羽翼下百般疼爱呵护的我们，长大后，接过爱与责任的棒。爱的轮回，从此生生不息，世代相传。这般至纯至真，敢爱敢为的麻雀，怎叫人不多爱三分？

真正触及内心深处的，是春秋时节的麻雀。无论是轻风微醺的早晨，暮色四合的黄昏，还是细雨霏霏的初春，落叶萧萧的晚秋，漫步小城的任意一条街道，车声，人声一一过滤，抢先入耳的，便是麻雀如潮般的合唱声。循着鸣声找去，粗壮葱茏的香樟树上藏着密密麻麻的小黑点儿。稚子偶有调皮，捡起石子扔向树。扑棱棱，群雀瞬间四处飞散。待到归时打树下经过，欢快的歌声又响成一片。

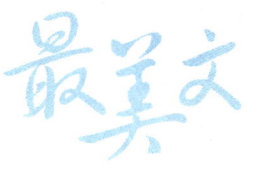

"我是一只小小小小鸟,想要飞却怎么也飞不高……"我想,歌声里苦苦追问的,一定不是我眼前的这些麻雀:它们活在低处,随心,率性,知足,乐观,不以物喜,不以己悲。它们穿上感性的针线,把凡尘日子里的点点欢喜缝补进理性日子的空白或残缺处。

从明天起,也把自己活成一只感性的麻雀,不为拥有,只为珍惜。

(原载《求学》(素材版)2014年第2期)

拥有的东西总有一天会什么都不留地还回去,何必还那么苦恼呢?不如把握当下,珍惜每一天琐碎的日子,珍惜每一天温热的阳光。

积淀，成就人生的高度

文 / 徐新

故不积跬步，无以至千里，不积小流无以成江海。齐骥一跃，不能十步，驽马十驾，功不在舍。

——荀子

生长在我国南方湘粤一带有一种毛竹，漫山遍野，质地平凡而拙朴，在它一生最初的五年里，确实很平庸，几乎觉察不到它在生长。在别的竹类争先恐后攀比高度时，毛竹似乎一点都不动声色。但是，第六年雨季到来时，毛竹终于钻出地面，而后像施了魔法一样，以每天60厘米的速度生长，迅速到达30米的高度，在六个星期内就完成了它一生所要达到的高度，并把它的同类远远地甩在脚下，创造了属于自己的神话。

为什么会有这样的结果呢？寻本究源，毛竹最后的快速生长，所依赖的就是前五年的日积月累，它以一种不易被人发觉的方式向地下生根，在5年时间里伸展出长达几公里的根系。积微成著，蓄势厚发，才造就了毛竹的一柱擎天。

黄山松坚韧傲然，美丽奇特，但生长的环境却十分艰苦，因而生长速度异常缓。一棵高不盈丈的黄山松，往往树龄上百年，甚至数百年，根部却常比树干长几倍、几十倍，而正是由于黄山松的根扎得很深，能够汲取岩石深处的养分，才能坚强地立于岩石之上，虽历经风霜雨雪却依然永葆青春。

毛竹在蓄势后的"魔法生长"，黄山松在风雨中的"气定神闲"，都源

于其基础的深厚、稳固。正是在无声中积聚了破土而出的力量,才有了毛竹喷薄而出的奇迹,才有了黄山松悬崖峭壁上的从容。

人生又何尝不是如此?如果我们在逆境中也能沉下气来,不被困难吓倒;在喧嚣中也能定下心来,不被浮华迷惑,专心致志积聚力量,也会实现自身的飞跃,成就辉煌人生。

十九世纪,一个美国男孩靠在火车上卖报纸和雪茄烟为生,可是当旅客们谈论有关投资方面的事情时,他总会全神贯注地听着,他梦想成为一个预测未来的交易商。为了这个梦想,他长大后整天躲在狭小的地下室里,将数百万根的K线一根根地画到纸上,并对着这些K线静静地思索、潜心地研究。

后来他干脆把美国证券市场有史以来的记录搜集到一起,在那些杂乱无章的数据中寻找着规律。整整六年,他集中研究了美国证券市场的走势与古老数学、几何学和星象学的关系,终于发现了有关证券市场发展趋势的最重要的预测方法,命名为"控制时间因素"。于是,他在金融投资生涯中赚取了5亿美元,创造的理论被译成十几种文字,他就是威廉·江恩——世界证券行业尽人皆知的最重要的"波浪理论"的创始人。

其实,生命是一个创造的过程,也是一个积淀的过程,每个人无时无刻不在为自己的人生埋下"伏笔"。在平淡平凡的生活中,我们只有尽可能地集聚力量,不断坚实人生的基础,才会在最恰当的时机,散发出耀眼的光芒,顺利地攀登上人生的新高度。

(原载《健康生活》2010年第10期)

滴水穿石,非一日之功。成功的关键在于沉淀,放下姿态,默默奋斗,只需等到对的时刻,放手一搏!

唯有爱舍弃不掉

文 / 奇清

爱之花开放的地方，生命便能欣欣向荣。

——梵·高

但凡生命之所以存在就是为了去寻找一种相同的爱，为了这种爱而甘愿自我付出与牺牲。此，就是生命诞生的本质意义所在。

春天，将五彩缤纷的世界展现在了人们面前。桃花绽放了，梨花盛开了……在大片大片的桃花深处，梨花丛里，有许多蜜蜂飞飞落落，寻寻觅觅，嗅嗅尝尝。它们忙碌着，要给世间奉献一分甜蜜，要给大地带来一片丰收。

有一只蜜蜂正埋头采着蜜，它突然发现有一个巨大的阴影从它头上掠过。是的，那是蜜蜂们的天敌——一只山雀在逡巡。山雀在它的头顶上飞过几个来回之后，便向它猛扑过来，因为这只蜜蜂只顾采蜜，不小心离开了蜂群，山雀要吞食它了。

就在山雀一嘴向它啄来的时候，它却攀住山雀的颈项，腹部用力一扯，那带有倒钩的毒刺就留在了山雀的颈中。眨眼间，成群结队的蜜蜂飞过来了，山雀在接二连三地挨了蜇后，便哀鸣着狼狈地逃走了。

这些蜇了山雀的蜜蜂不大一会儿也死去了。

蜜蜂明知道自己一蜇就会丢掉自己的性命，为何还在发现天空掠过阴

影的那一刻不逃命，却直让山雀来扑向自己，最后要以生命为代价给山雀一击？并且其它的蜜蜂也能做到前仆后继呢？

原来，它不逃命是不让更多的蜜蜂受到伤害。它将自己的毒钩留存于敌人的身体内，只因那毒钩上有一个囊袋，可以散发出一种气体让同类知道有天敌来了。后来的蜜蜂闻风而至就是要同心协力战胜天敌。

蜜蜂的天敌除了山雀外，还有飞燕、蜂虎、绿啄木鸟等食虫鸟类。当然，蜜蜂的天敌并非都是这样一些"庞然大物"，还有如天蛾、胡蜂、蜘蛛、蜻蜓等昆虫。对于这样一类天敌，蜜蜂把毒钩留在它们的身体内，将自己的信息散发出去，使得后面又有蜜蜂跟上来……

它们就是靠这种不惜牺牲自己或与敌人同归于尽的无畏精神，换来蜜蜂族群的繁衍兴盛。蜜蜂这种对族类的爱是与生俱来的。

有许许多多蜜蜂幼虫，它们由受精卵发育而成来到这个世界上。有一种蜜蜂幼虫，刚出房时胎衣裹身，胎毛绒绒，它们在那些大龄蜂的帮助下，一一将胎衣脱除干净。那些大龄蜂同时还嘴对嘴地喂给它们一些食物，这些幼蜂便开始成长了。

然而在仅仅出世一两个小时后，这些幼蜂就要开始做一些巢内的工作了，保持巢内的温度是它们此阶段的一项重要任务。但由于它们各种器官、腺体尚未发育成熟，这个时候只能以自身产生的热量来提高蜂巢的温度，可它们干得非常卖劲。

三天后，待它们的营养腺一发育成熟，便由保温工、清理工转行当起"奶妈"和"保姆"来了——它们开始分泌蜂王浆来哺喂蜂王或蜂王幼虫。

在第九天时，它们的蜡腺已趋向成熟，便立即投入分泌蜂蜡筑巢这一比较繁重的工作中。

过了十二天，它们的各种特化器官全部发育成熟，一个个便要飞出巢外一显身手了。先是采水，这是采集工作中最轻松最容易干的一种；继而开始采花蜜、采花粉、采树脂等。

可以说它们一辈子无畏重重困难，不惜栉风沐雨，尽心竭力，死而后已。而且它们越到老时越勤奋，巢内外难度大的、负荷重的工种多由老龄的它们来完成，风险大、技巧高的活计也主要由老龄的它们来承担。

它们——就是蜜蜂中的工蜂。

这种占有蜂群总数百分之九十九以上的工蜂所做的这一切，只是为了能让一代又一代更多的工蜂将自己产下的蜂王浆喂给蜂王，使得蜂王生存长达三年之久，从而为蜜蜂种族繁殖大量后代。其间，原来与蜂王同属于雌性蜂的它们，即便自己成为生殖器发育不全的中性蜂也心甘情愿，甚或自己哪怕在这个世界上只活一个月以致更短也在所不惜。

科学家说，蜜蜂是原始生命状态保存得最好的物种。安适可以舍弃掉，雌性性别可以舍弃掉，甚或连自己的生命也可毫不迟疑地舍弃掉，而唯一舍弃不掉的就是自己的爱。此——便是生命的伟大之处。

工蜂短短的一生告诉我们，那种同类中的相互涂毒，那种生命中的弱肉强食，从生命的本质意义来讲，并非进步而是一种倒退。明白了这一点，也就使得我们懂得：生命的诞生就是为了爱。

（原载《思维与智慧》（上半月）2013 年第 11 期）

我们活着就是为爱存在的，这世界如果没有了爱，恐怕就什么也没有了！

第六辑

独立树的成长

独立树的成长启示着人类的成长,它告诉我们,经受风雨,看似对你不公平,可你绝对会更顽强的成长;有人庇佑,看似有利于你的人生,但你在温暖的环境里正慢慢走向衰亡。

林幽水暖

文 / 范文超

出来吧，我的心，带着你的爱去与它相会。

——泰戈尔

我面前的这片森林，幽深旷远，看上去很像是一幅刚涂完色彩的光线和谐的油画：那一行行挺立的是阳光照耀的白桦林，有风拂过它们的枝叶时，就仿佛鸟儿们拍动它们的翅膀。沿着林间路向前走着，路旁齐膝深的草丛很少有足迹，只是偶尔有几片牛马啃过的牙印留在草叶上面，我知道这种草，牲口是不喜爱吃的。

穿过这片幽深的密林，面前是一片旷原，这里干净明澈得足以让人惊喜——树林宛如刚出嫁的新娘，梳妆一新，头上盖着明艳的红盖头。眼前的每样景物都在太阳底下跳动出可爱的光芒，即便是一片细小的草叶子。漂浮到脸上的树荫，也不像是森林枝蔓丛生的投影，而是树身上自然生长着的光的枝丫，光与大气衍生出的繁花——一整片旷野形式的花团锦簇。

我陶醉在这样迷离多变的夏季森林里，那感觉如同孩提时我们的小手调皮地伸入母亲浓密的发丝中，这阳光与森林交织成的发丝叫人温暖备生，撩拨得人心头痒痒的，充满无数欲语还休的柔情蜜意。我找了片青青的草地仰躺下来，双手垫着脑袋看着天空，头顶上那一排排一行行的树梢顶着蓝天白云，形成了各种变幻多姿的斑斓图案。我在想，这定是森林的精灵预先为我准备的，它们好客地在我的头顶上用阳光和空气编织成了一大块色彩绚丽的苏绣图案。我忽而又想闭起眼，不敢相信这份突如而至的视觉盛宴——转眼又悄悄地睁开了……家乡里的空气最是亲切的纯净了，虽然我与你相隔经年，可你熟悉的味道还是依然令我迷醉。

就在这时，我隐隐地听到不远处的森林里传来汩汩的低响，似一种轻微难辨的风声，我猜测那定是一口新涌的山泉了。我翻了一个身，把耳朵埋进草丛里，沉淀在夏风拂过的叶面上，可这样一来，那叮咚的泉水声更是尽情地逗弄我的鼓膜，撩拨得我再也躺不住了。我飞快地朝那水流潺潺的方向一路跑去，仿佛追寻着空气中的一个精灵，而那河流的精灵在我眼前就像繁花丛中一只翩飞的蝴蝶，忽上忽下，时缓时急，引逗得我呼呼喘气。几分钟后，哗哗的声音出现了，我蹲下身来，伸手去试水，好凉啊！掬起一捧来，那滑到嘴里的感觉，甜滋滋的。

我沿着溪流往下走，水面渐渐地扩大了，以致延展出一条大河。而在草丛稀落的空地上，裸露出大片干涸了河床的卵石地，一直延伸到顺流平缓的河中央。我感觉像是置身于19世纪欧洲风景画家的画作中，不禁感到眼前这一片美丽的森林也是时间所不能够统领的永恒的大自然。而这样的塞外图景同样有感动人心的壮美：延绵伸展的河床、清澈如画的水流、童谣般的空气，还有那虫鸣兽动、飞鸟鱼禽……

水的影面是一些异常纯净的碧绿色，在它格外沉静的面容里，我仿佛仍可以看见水流晶莹剔透的韵律与音色，就像场面宏伟的管弦乐队中的一块三角铁，也许只需轻轻地一击，就可以传出极富穿透力的敏锐乐音。河床中间的卵石很大，有的高高隆起在水面，有那软软的苔藓附着。整个水流的过程，真的是一篇华美的乐章，平缓处是轻柔婉转的抒情，汹涌处是激情四射的华彩。偶有风吹掉的树叶落在水面上，就如一叶叶扁舟在游弋，更显现出水流的节奏了。

河床的内侧有时会有山林边流落的枯树，它们的枝干形成自然的栅栏式的"堤坝"，河水在篱墙下缓缓地流过，发出叮咚的好听的声响，原来这

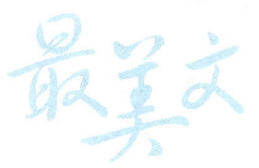

才是最初把我吸引到这里的原因。河面越向下游走,越显得平稳安详了,河两边是数不清的苇草,偶有几株杨树与柳树的点缀。再往下,竟是一片人工湖——一座小型水库,阳光洒在被风吹起的湖面,那涟漪跳动出碎银的光芒,周围的湿气浓重了许多。即便是盛夏时节,走在河边,仍觉得周身舒爽。两岸有许多垂钓的人,他们多是从外地大老远驱车赶来的,我尽量遥遥地望着他们,为的是"怕得鱼惊不应人"。

我继续向前走着,水面在沿着山峦的走势处拐了个弯,顿时显得宽广曲折了好多,山上的树木与硕大的水面一映照,端的是水碧山青了啊!前面是一个大水湾,距离我只有几米远,虽然有些危险,却格外刺激,天空看上去也似乎与我亲近了许多。这一瞬间,我感觉河流正对我笑逐颜开,那随风飘下的花叶是风儿努嘴儿吹落的欢笑。

这一代的森林因了丰沛的水养,而显得格外葱郁,每一棵树的皮肤都是那么水盈盈的动人——吹弹可破似的。树身笔直,与其说是站着,不如说是温暖惬意地躺在阳光与空气的怀抱里——眯着眼午睡呢!这里的树木最丰硕的该是核桃树和枣树了,它们身上已结满了一串串果实,有许多甚至泛动出诱人的金黄色。我抬着头,咂着嘴,幻想着它们的迷醉。

我相信,山与水都是有灵性的,无论是旷远幽深,还是暖意醉人,每当我们走近它们,它们都会接纳我们的归来,就如寻到了最初的守望与最终的归属。

(原载《语文周报》2013年第33期)

上善若水。自然是有大智慧的,如果你接纳它,它便会以无限的怀抱接纳你。

黄豆鼠的成功之道

文 / 小程

失败是坚韧的最后考验。

——俾斯麦

非洲沙漠里有一种鼠叫黄豆鼠,这种鼠群居,五个至七个一群,群中有头领,威望很高。每年鼠群都要更换头领,现任头领要接受群中另一只最强壮鼠的挑战,如果头领失败,那么它就要让出头领位置,如果它赢了,还要继续作头领,直到有一天它被打败。

经观察发现,每年向鼠群首领挑战的鼠,如果挑战没有成功便会非常沮丧,直至最终离开鼠群悲伤而死。

每年鼠群更换首领的时候,还有一个值得关注的现象,那就是首领接受另一鼠挑战后,它虽然把挑战者打败了,但它会做出一个异常的举动,驱逐几个鼠,将自己领导的鼠群一分为二。

那几只被驱逐的鼠,在另一只鼠的带领下离开这里,在别的领域里安家。而带领这几只鼠离开的首领,正是刚才挑战首领的那只鼠。这就让人疑惑了,一般来说,挑战首领不成功的鼠最终都要死亡,而这只鼠为什么不但没有死亡,而且还在首领的帮助下,另组建起自己的一个群呢?

有关人员对这个现象进行了认真的观察研究,最终找到了一个特殊的规律。凡是能在另一个群里当首领的鼠,都是挑战首领至少两次以上的

  鼠,大部分鼠首次挑战失败后,它们都会伤心落寞地死亡,但有一些鼠却坚强地活着,它们失败后,没有沮丧,而是像往常一样生活在这个群落里,每年和群里其他鼠一样,在首领的号领下开始一天的生活,积蓄力量,等来年再向首领挑战。来年不成功,它就等到下一年……或许是它的坚持得到了首领的赏识,考虑到鼠群繁殖较快,已超出七个成员,首领便会驱逐几个,然后直接让挑战者把这几只鼠带走……

  黄豆鼠挑战首领不成功,有的沮丧而亡,有的坚持活着,最终以另一种方式当上了首领。这就给了我们很深的启示,它告诉我们,人生最大的成功,不一定是你战胜了某个强者,而是你在挑战强者多次失败后还能站起来,百折不挠,坚持到底。

(原载《意林12+》2015年第4期)

  再战再败,再败再战,只要人性的光辉存在,他的精神就跟身体一样屹立不倒!

牧蚁的过度关照

文 / 薄陨

> 人生是一所学校,在那里比起幸福,不幸是更好的老师。
>
> ——弗里奇

南美热带雨林中有一种牧蚁,它们如人类牧羊人牧羊一样,只不过"牧养"的是蚜虫,并以蚜虫排泄物为食。

为了保证不断地从蚜虫那里得到食物,牧蚁会自觉地保护蚜虫不受天敌侵害,甚至当树枝中的汁液干枯后,牧蚁还会小心翼翼地将蚜虫带到新的树枝上。更令人惊奇的是,有些蚜虫产卵时也在蚁穴里,牧蚁舔着蚜虫卵,照顾它们就如同照顾自己的孩子。

牧蚁群里经常发生打架现象,这是因为牧蚁牧养的几只蚜虫的排泄物根本满足不了那么多牧蚁的食用需要,因此,牧蚁们经常为争食而打架。可人们还是产生了疑问,受到如此呵护的蚜虫,无论是生活条件,还是食物来源供应,都已达到十分完美的程度,应该产生更多的排泄物,它怎么可能满足不了牧蚁的食用需要呢?有关人员对此进行了实验。

他们找来一只备受牧蚁呵护的蚜虫和一只自行生活在树叶上的蚜虫,利用高倍放大镜观察它们每天的排泄物,令他们吃惊的是,自行生活的蚜虫排泄物,竟然是牧蚁放养的蚜虫排泄物的两倍还多。原来,倍受呵护的

蚜虫，因为缺少生活的历练，生存能力明显弱化，身体机能也越来越差，因此，它们的进食就会受到影响，排泄物自然就少。而反观那些自行生活的蚜虫，因为它们无时无刻都要为了生存而奔波，消化系统特别好，特别能吃，因此，排泄物就非常多。

牧蚁牧养蚜虫是生活的一种需要，但它因为关照蚜虫过度反而影响了自己的食物，值得人类警醒。许多时候，并不是我们所关注的、所关照的东西就是最好的。而那些被我们忽略了的、默默无闻的，自食其力的，往往聚集着无穷的能量。

（原载《人生与伴侣》2014年第36期）

生命中处处有惊喜，那些默默无闻的卑微生命也许会给予我们更多！

蜜 蜂

文 / 心若莲花

奋斗以求改善生活，是可敬的行为。

——茅盾

其实，我以前是不大喜欢蜜蜂的。小时候的我特别淘气，每年春天，看见小蜜蜂不停地扇动着翅膀，嗡嗡嗡地穿梭在花丛中的时候，就像捉彩蝶一样去抓，结果被蜜蜂蜇了，像针扎一样的疼。

记得我的手上红肿的大包，好几天也不下去。大人们告诉我，蜜蜂是不能随便招惹的，它的尾部长有毒刺，打那以后我就对蜜蜂避而远之了。

后来，我的妈妈不知道从哪儿弄来一罐子淡黄色的浓得像糖浆一样黏稠的东西，说这就是蜂蜜，可甜了。馋嘴的我有点儿不相信，就拿起一根筷子，伸进罐子里蘸了点儿蜜，然后放入嘴里，又用舌头抿了抿，就滑顺地咽下去了，再吧嗒吧嗒嘴，味道香浓甜润，我还是第一次品尝到蜜的味道，感觉好极了。

难道眼前这么好吃的东西真的是那些爱蜇人的小蜜蜂采百花酿成的？我当时有点儿不敢相信。大人们说，蜂蜜可是个好东西，不仅具有经济价值，常吃还能滋养身体，延年益寿呢！于是，我对蜜蜂产生了兴趣，不由得喜欢上了这些小精灵。

在我居住的那个林区，也有几户人家养蜜蜂，没事就到那边转转，

远远地看到一团蜂，闹哄哄地围着箱子，总是忙着飞，不觉得累。我和伙伴们秋天去山上踏青，看见山里一户养蜂人家的院子里摆满了方形的木蜂箱，院中那位养蜂的老爷爷竟敢用双手娴熟地拽出蜂箱里的木板，那上面爬满了密密麻麻的蜜蜂。

我本想上前看得仔细些，但一想到曾经被蜜蜂蜇过的经历，心里就有点儿打憷。可是，我心中一直有个疑问，就是一只蜜蜂酿一公斤蜜得采多少花呢？于是，我就站在他家的院子外问这个问题，可是老爷爷也说不清楚，回答不上来。因此，这成了我心中的一个谜团。

在以后的日子里，我读书看报时特别留意有关蜜蜂的资料。一次，我偶然在报刊的一角发现这样一段文字："据有人统计，一只蜜蜂如果要酿造出 1 公斤蜂蜜，需要采几百万乃至一千多万朵花，它往返飞行的距离大约有几十万公里，相当于绕上地球好几圈！"我当时就被这组数据震撼了，不由感触起来。

多么了不起啊，这看似渺小的蜜蜂！它生命不息，酿蜜不止，竟让自己的生命变得崇高起来。

因此每当我看到蜜蜂、看到甜甜蜂蜜就想，难道它仅仅是在酿蜜吗？不！它何止是在酿蜜，它是在酿造一种精神，一种叫做"自强不息"的精神！正是因为有了这种精神，蜜蜂那原本渺小的生命体才变得高大！倘若我们也能像蜜蜂那样"终日乾乾，自强不息"，那么我们的生命难道还会平庸吗？

（原载《语文报》2014 年第 33 期）

> 天行健，君子以自强不息。无论处于何种环境，都应具备奋斗不止的精神，要知道，这就是强者和弱者之间的区别！

泥土的气质

文 / 林子

困难和折磨对于人来说，是一把打向坯料的锤，打掉的应是脆弱的铁屑，锻成的将是锋利的钢刀。

——契诃夫

泥土之德，宽厚有容，生养成物而不争，如《易经·坤卦》所云："地势坤，君子以厚德载物。"是故，凡世间崇高之物，莫不寓于平凡之中，正像古往今来那些先贤大德之人，虽处众人之中，但看上去就和平常人一样。

泥土之性，谦卑有情，能忍人所不能忍，处众人之所恶，故能成其大。正像世上有一种人，他似泥土那样有善德，存心质朴，谦逊卑微，低调处世，甘愿处在人们所不愿处的地方，忍受常人所不能容忍之事，却能乐而忘忧，所以，其志必高，其所致必远。

然而，有的人总以为泥土柔弱，就轻视它、欺压它，常常狠狠地将它踩在脚下，"呵，我多伟大！"

其实，泥土看似柔弱，但它的适应性和可塑性极强，能方能圆，能柔能刚，能屈能伸，于无形之中默化，虽眼前柔弱，却转而变得如城墙一般坚硬。君不见，那雄伟的万里长城，历经千年风雨，仍然屹立不倒，多像中国人的精神啊！古长城所用的每一块青砖，其实都是用泥土烧制而成

的。试想这松软的泥土，被人借助于外力和模具，将泥料加工成砖坯，再送进土窑里烧制，它要忍受住怎样的高温啊！待它出窑水冷后，它便拥有了生命的硬度，用它砌筑的城墙，坚不可摧，能不令人叹喟吗？

由泥土不禁联想到一个人的遭遇。如果一个人将生命中的横逆困穷视为一副炉锤，能受其锻炼，则身心受益，便会拥有像泥土一样的气质和生命的硬度，这种人即便成不了豪杰，也一定会成为卓尔不群的人！

（原载《语文周报》2014年第7期）

> 太极讲究以柔克刚，借力打力。生命也该具备这样的韧性，在时光的回旋中不断利用这种韧性，使其更加顽强。

黑纹猫的自控力

文 / 荒沙

最大的仇敌，莫过于自己的情欲。

——伊朗

印度山林里有一种野猫，因为身上有黑纹，当地人管它叫黑纹猫。山林里还有一种老鼠叫牙鼠，因为它的牙齿比普通老鼠要长，因此而得名。

黑纹猫有着超强的捕牙鼠本领，据传，它在半天内便可捕捉近10只。可在现实中，却常会出现令人不解的一幕，黑纹猫面对一群牙鼠，不但没有快速冲上去，反而吓得夺路而逃，这让人十分不解。

情况是这样的，山林里每月都会出现牙鼠聚集的现象，这些鼠围着一个倒下的树干，疯狂啃咬，那是它们在磨短自己的牙齿，以防影响进食。但细心的人总会发现，每次牙鼠聚集的地方，都会生长一种小小的蘑菇，叫毒蝇伞，牙鼠啃咬树干前，会齐心协力用前爪把一些毒蝇伞弄断，然后把它们放在离自己大约15米远的地方。

这样大的鼠群聚集，很快便会有黑纹猫悄悄地靠近伺机捕捉。可就在这时，黑纹猫如果发现牙鼠们事先放好的蘑菇，便会忘记捕鼠先吃蘑菇，原来，黑纹猫不但喜欢吃牙鼠，也很喜欢吃这种毒蝇伞。

有趣的一幕就发生在这以后，鼠群发现黑纹猫吃了毒绳伞，便会跑到黑纹猫的面前，打闹嬉戏，按理说，黑纹猫受到了挑衅，应该立即冲上

去，可正相反，此时的黑纹猫全无威风，根本不敢靠近牙鼠，最后，快速地逃跑。

发生这一幕，都是毒蝇伞在作怪。它含有致幻成分毒蝇碱，食后不一会便进入幻觉状态，看到的东西都被放大，黑纹猫吃了这种蘑菇后，眼前的牙鼠会变得无比巨大，因此，黑纹猫只能落荒而逃。

牙鼠为了得到一个安全的环境完成磨牙任务，想到这个方法制服黑纹猫，令人称奇。可黑纹猫吃毒蝇伞却着实让人惋惜，我们人类也常常因为一些控制不了的欲望，而让我们变得失败到底。

（原载《人生与伴侣》2014 年第 22 期）

欲望是种本能，有欲望说明还有追求。可是欲望过了，就成了妄想，仿佛有无形的手拽着你步入黑暗深渊。不贪心，也是种智慧。

掠鸟的蚂蚁浴

文 / 程骏驰

> 天分高的人如果懒惰成性,即不努力发展他的才能,则其成就也不会很大,有时反不如天分比他低些的人。
>
> ——茅盾

委内瑞拉南部森林里有一种掠鸟,这种鸟不爱清洁,身上非常脏,寄生了许多小虫子。因为这些小虫子的存在,掠鸟身体非常痒,但它们有一个非常好的解痒办法:洗蚂蚁浴。

某个时候,掠鸟会从天空中落到蚂蚁群中,蓬松开羽毛,在地上不断翻转身体,让蚂蚁咬嚼身上的脏东西。只见它一会儿把身体的这一侧躺在蚁群中,一会儿又另一侧着地,舒服得吱吱叫……原来,这些蚂蚁在掠鸟落地后,便会自动爬上它的身体,寻找小虫吃。

掠鸟和蚂蚁配合得很好,双方都受益。可现实生活中,有一种情况值得关注。掠鸟常常在洗完蚂蚁浴后不久,突然间落到地上痛苦地挣扎,拍打着翅膀,这是怎么了呢?

原来,当掠鸟第一次享受蚂蚁浴尝到了甜头后,便会对蚂蚁产生过度依赖而变得越来越懒,它身上的寄生虫就越来越多。可前几次它们身上虫子少,蚂蚁很快会清理完毕,然后从掠鸟身上撤下来。可当掠鸟身上虫子

越来越多时,蚂蚁群清理的时间就越来越长。

掠鸟可不管这些,它们享受够了以后便起身飞走,结果导致大部分蚂蚁还没及时撤下来,便被带到天上。等这些蚂蚁把它们身上剩余的寄生虫清理完准备撤离时,却无法着陆了。又过了一段时间后,蚂蚁因为没有寄生虫可吃,又搞不到食物,便开始啃咬掠鸟。这就出现了刚才的那一幕,掠鸟因为蚂蚁啃咬得太疼痛而落到地上挣扎,有些甚至因为无法承受而死去。

掠鸟之所以被折磨得痛苦不已,完全是因为它的懒惰和贪图享受。人类的生活也是如此,如果不能克制这两个问题,痛苦便会像一颗定时炸弹,随时会在我们身边爆炸。

(原载《幸福》(悦读)2015年第8期)

懒惰是一切万恶的根源。一个总想不劳而获的人,当然也不会尊重别人的劳动。自食其力,到哪里都有自尊。

忘记仇恨的灵灵鸟

文 / 小程

人之心胸，多欲则窄，寡欲则宽。

——［清］金缨

塞舌尔森林里有一种黑羽鸟，这种鸟堪称神奇的小偷，无论是天上的，还是地下的，它都会偷个遍。

灵灵鸟与黄皮鼠都生活在这一区域，都有储物的习惯。每当秋天来临时，灵灵鸟总会把一些籽类食物藏在树洞里，黄皮鼠也会找来豆类物质贮存在洞穴里。这样一来，黑羽鸟便有了可乘之机，常常将灵灵鸟和黄皮鼠的储物偷走。可无奈的是，黄皮鼠和灵灵鸟都比它弱小，因此，它们对黑羽鸟进行直接攻击是不可能的。

还好，两种动物在长期与黑羽鸟的斗争中积累了经验，它们发现自己储物丢失后，会不动声色地观察黑羽鸟。黑羽鸟进食时，一定会到藏匿食物的地方，它们就会发现食物的藏匿点，趁黑羽鸟不在时，迅速将所有食物搬回自己的领域，然后重新把它藏好。

令人不解的是，丢失的东西失而复得，灵灵鸟和黄皮鼠却表现出了截然不同的状态。黄皮鼠连续鸣叫几天后，会默默地死去，而灵灵鸟却如往常一样生活，为什么会出现这种反差呢？原来，这完全是灵灵鸟和黄皮鼠性格决定的。

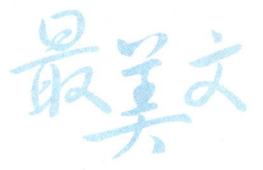

　　黄皮鼠东西被偷后,它对黑羽鸟便怀恨在心,时刻崩紧神经,寻找各种机会报复,再加上每天都要防止黑羽鸟再次偷粮,几天后,因为神经高度紧张,情绪和状态越来越差,最终忧郁而死。而灵灵鸟却不然,它每天如往常一样生活,而且吃亏长智,隔上几天,便会把储物挪到另一个树洞……

　　黄皮鼠和灵灵鸟的不同结局,值得我们深思。人生在世,总有那么一些人是你憎恨的,也是你难以忘记的!但要记住:被恨的人是不会有任何痛苦的,而去恨的人却满身伤痕。所以,憎恨是一件得不偿失的事情!

(原载《意林》(作文素材)2015 年第 12 期)

　　仇恨不过是用生气来惩罚自己,就像伤疤越结越深。要做一个宽容的人,该忘却的忘记,该原谅的原谅,莫让怒气伤到自己。

独立树的成长

文 / 荒沙

然后知生于忧患，而死于安乐也。

——孟子

摩洛哥西部平原上有一种树叫独立树，全身赤褐色，叶片长而厚实，花儿呈球状，洁白美丽。当地人叫它"蓬尹迪卡萨里尼特"，意思是"善良的母亲"。

这种叫法源于独立树的成长不用种子，而是从树根上萌生出小树，在小树渐渐长大的过程中，独立树的花球便会凋谢，随后结出一个椭圆形的奶苞，在苞头的尖端生长出一种像椰条那种形状的奶管。奶苞成熟后奶管里便会淌出黄褐色的"汁液"滴在小树上，小树靠着大树的汁液作为营养，快速生长发育，最后根部脱离母体独立成长，母体此时开始凋萎。

在这一区域内，每一株独立树的繁殖成活率不尽相同，有的独立树下，小幼树长得非常好，有的却不禁风雨很快死亡。有关人员指出，出现这种现象完全是由大树来决定，大树生命力强分泌的汁液多，小树成长的就好，反之，如果大树分泌的汁液少，小树成长的就差。

可还有一个现象不得不提，凡是成长较好的幼树，大树枝叶一定不茂盛，反之，凡是成长差的幼树，大树枝叶一定很茂盛。人们不禁猜想，是不是有些大树太贪长而忽略了小树，有些大树过度照顾小树把营养都给了

它，而自己却长不好呢？

经研究证实，这种观点是错误的。后来，权威机构给出了独立树成长的科学解读，小树靠大树汁养这是生命的必须，但它的成长还有许多外在条件。大树长得不好，小树长得好，那是因为小树没有了大树的照顾，经风雨、见世面，慢慢适应了环境独立生长；相反，有些大树长得茂盛，它的树叶为小树遮风挡雨，可小树一旦离开大树的保护，不适应环境，很快就会死亡。

独立树的成长启示着人类的成长，它告诉我们，经受风雨，看似对你不公平，可你绝对会更顽强的成长；有人庇佑，看似有利于你的人生，但你在温暖的环境里正慢慢走向衰亡。

（原载《意林》（少年版）2014年第11期）

生于忧患，死于安乐。纵观历史，困境从来都是成就了人，而那蜜罐似的温床，却会致人于死地。

丹顶鹤撒奇

文 / 雨街

> 充沛的精力加上顽强的决心，曾经创造出许多奇迹。
>
> ——狄更斯

在松嫩平原的沼泽和沼泽化的草甸中，那里生活着丹顶鹤爸爸撒奇和丹顶鹤妈妈露西。这里是国家的自然保护区。

广袤的沼泽地里，不仅有丹顶鹤喜欢吃的小鱼和小虾，还有柔韧的水草在风中摇曳着，而刚刚长出的芦苇花上，还有美丽的水鸟落在上面翩翩起舞。

天空很蔚蓝，鱼鳞一样的白云倒映在波光粼粼的水面，水面上便升腾起一片薄薄的烟气，水里的小鱼小虾也仿佛晃动起来。

撒奇站在一条清澈的水塘边，慢慢抬起一只腿，在水里洗了洗，落下，然后向远处望一望，再慢慢抬起另一脚，蜷在腹下，久久不肯放下。

"嗝啊……嗝啊……！"撒奇长长的脖子像静止了一样，死死地盯着来自声音的方向，那是他的妻子露西在呼唤他。

听到露西焦急且惊恐的叫声，撒奇知道，那一定是露西遇到大的麻烦了。

撒奇再也没有心情捕捉小鱼小虾了，瞬间在水面上扇动着翅膀狂奔起来，一时间水花乱溅。

撒奇的双腿渐渐离开了水面，翅膀也一上一下地拍动着，不长时间，他就飞回自己家的上空。

妻子露西正孵化他们的子女呢，今天在外出之前，露西还亲昵地弯着长脖子在撒奇身上偎来偎去，后来还抬起身子让撒奇看了看腹下的卵。那卵经过露西体温的孵化，洁白如玉的蛋壳已经变成暗黄色，表面还有蜿蜒的黑红色的细丝，就像是裹在里面的鹤宝宝的血脉在流动。撒奇马上要做爸爸了！

撒奇低下头，用喙触碰了一下那将要孵化的卵，就像在亲吻他们，然后，侧目瞅着，大概是想看看小宝宝的模样吧！

露西像是怕惊醒睡梦中的鹤宝宝似的，冲着撒奇先仰着脖子轻轻地叫了一声，然后把脖子弯曲成一个大大的问号，用喙把身子下的卵往一块拢了拢，又挪了一下身子，把这些卵重新覆盖在羽毛下面，伸着脖子往外推撒奇，那意思是在说："我饿了，快去捕猎去吧！"

撒奇恋恋不舍地离开露西和他的小宝宝，但心还是牵挂着露西的安危，没想到，他刚刚离开，就传来露西的呼救声。

"是什么动物在侵袭露西呢？"撒奇降低了飞行高度，仔细观看着，那是一只刚刚成年的草滩狐。

露西扇动着翅膀，身子半蹲着，头随着草滩狐奔跑的方向转动着。

草滩狐通体雪白，只有尖尖的嘴尖上有一块黑黑的肉球，眼睛周围也有一圈黑色的眼圈，就像戴着一副黑框眼镜一样，又粗又长的尾巴拖在身后，嘴里"啊唔啊唔"地叫着，仿佛在说："我可要冲过去了，我想吃你的卵呀！"

露西的头一弯一弯的，长长的喙像一把带柄的水果刀，不停地挥舞着，阻止着草滩狐的进攻。

草滩狐左冲一下，右扑一下，他是想引诱露西离开自己的巢穴，那样他就有偷袭的机会了。

在草滩狐的不断骚扰下，露西的翅膀扇动得更厉害了，两条腿已经离开了地面。

撒奇见情况不妙，从空中飞扑下来，强有力的翅膀向下一倾斜，锋利的羽翎就从草滩狐的脊背上扫了过去。

草滩狐见露西搬来了救兵，顿时也提高了警惕，做好了迎击的准备。只见他身体向下一蹲，接着后腿猛地在地上一蹬，身体就跃起二三米高，同时张起大嘴，向着撒奇咬了过去。

撒奇没想到草滩狐会这样凶猛，紧扇了一下翅膀，急忙向高处飞去，但还是晚了一步，翅膀上的羽毛被草滩狐咬下来一撮，像飘在空中的小船，摇晃着慢慢地落到地上。

撒奇的翅膀发出"啪嗒啪嗒"的声音，仿佛失去了向上的浮力，扇动的节奏也杂乱起来，一路歪斜地落在了不远的地方。

草滩狐的身体就像一道白光，向着撒奇的方向冲了过去，蓬松的尾巴随着身体的奔跑上下舞动着，那样子不像是在追赶一个猎物，更像是踩着高跟鞋走T型台呢。

撒奇一路歪斜地在前面奔跑着，草滩狐身子一纵一纵地紧紧跟在后面，但无论怎么努力，就是追赶不上。

跑了不长时间，草滩狐多少有些气馁，而撒奇也感觉到了草滩狐脚步的变化，也放慢了脚步，引诱草滩狐接着追下去。直到远离了自己的巢穴，才舒展开翅膀，飞了起来。

草滩狐知道自己上当了，但他好象并不急于离开，埋下身子，竟然在那里挖起洞来。

撒奇在空中滑翔着，注视着草滩狐的举动。

原来，草滩狐见撒奇突然飞了起来，腿就像踩了个急刹车，但随着惯性，一只前爪竟然滑到一个洞里，这真是失之东隅，收之桑榆。

草滩狐低下头，嗅了嗅气味，那堵在洞口的土显然是草地鼠刚堵上的，说明草地鼠就在洞中。草滩狐顿时兴奋起来，大有不把草地鼠从洞中挖出来誓不罢休的样子。

挖了一会，草滩狐卧在地上，将爪子伸进洞中，像是向外掏着什么，自然什么也不会掏到。

躲藏在洞中的草地鼠缩在角落里，瞪着惊恐的眼睛，一动也不敢动。

草滩狐站起身来，又在洞口张望了一会，接着又向别的地方跑去。

撒奇见草滩狐跑开了，越飞越高，洁白的翅膀上被夕阳镀上了一层暗淡的金黄。

然而，草滩狐跑了一段路后，又蹑手蹑脚地返了回来，并把自己隐藏进一片草丛中，那样子，就像突然从草滩上消失了一般。

草地鼠是一种好奇心很强的动物，他在洞里听到草滩狐跑开了，仿佛非要亲自出来看一看才踏实。不一会，洞口便露出草地鼠那蘑菇头似的小脑袋，探头探脑地向外观察着，由于草地鼠长年在地下生活，视力极差，自然什么也不会看到。

草地鼠抖了抖胡须，用后腿站起身体，拉长了脖子向草滩狐逃走的方向注视着，而埋伏在他身后草滩狐只一个前扑，就把草地鼠按在爪子的下面。草地鼠扭动肥硕的身子，"吱吱"尖叫着，想要从草滩狐的爪子下挣脱出来，但哪里还有机会呀！

草滩狐叼着草地鼠离开了，撒奇也返回家中。

撒奇的翅膀向下倾斜着逐渐降低高度，然后反拍着翅膀落下来，露西轻轻叫了两声，好像在说："孩子们，都出来吧，爸爸回来了！"

圆圆的巢穴里，就像揭幕仪式一样，一下子站起来三只小丹顶鹤，蹒跚着向撒奇跑了过来。

卵生动物是没有奶水可吃的，所以他们孵化出来的第一件事就是去水边补充水分。谁知让草滩狐一骚扰，就给耽误了。

露西轻轻叫了几声，就领着三只小鹤向前走去，撒奇则走在队伍的最后，以防有的小鹤掉队。

刚出壳不久的小鹤腿软软的，迈的步子也很小，露西迈一步，小鹤则要迈上十几步，就是这样，小鹤还会经常被倒在地上的芦苇拦住去路。身体强壮的小鹤就扇动着翅膀不停地向高处跳，直到跳过那根细细的芦苇为止，而身体弱的小鹤也想跳过去，却被芦苇秆绊了个跟头。

丹顶鹤一家走走停停，最后来到一个水塘边，选了一个水很浅，但很清澈的地方，三个小鹤一直盯着鹤妈妈。露西低下头，把水含在嘴里，仰起脖子，嘴尖竖起来，一口水就喝了下去。小鹤们也学着妈妈的样子，做着同样的动作，嘿，他们从此喝到了生下来的第一口水。

小鹤们很兴奋，后来他们挤到一块，争着抢着喝同一个地方的水，好像那儿的水才更甜。

喝完水，撒奇和露西又一前一后领着他们返回自己的家。

回到巢穴，撒奇像卫士一样守在巢穴边，露西展开她的大翅膀，三个小鹤钻到下面。露西充满爱意地把脖子弯下来，轻轻拢着三只小鹤，不长时间，鹤妈妈和三只小鹤都进入了甜甜的梦乡。

三只小鹤在鹤爸爸和鹤妈妈的精心照料下，长得非常快，两个月大时，身体就长得有父母一半大小了，还长出了坚硬的羽毛。

期间，也曾发生过一次危险。

那天，鹤爸爸去塘边觅食了，三只小鹤便围在露西身边追逐打闹起来。

小鹤们的举动，引起了一只草原鹰的注意，他无声无息地盘旋在三只小鹤的上空，观察着这三只小鹤的情况，等他确定鹤爸爸和鹤妈妈并没在他们身边时，便像一片乌云一样，向着其中一只小鹤飞扑下来。

三只小鹤长这么大，第一次遇到这么危险的情况，顿时被吓得乱作一团。

露西听到三只小鹤的叫声，顿时从睡梦中惊醒过来，也立刻大叫了一声，那是她向鹤爸爸撒奇发出呼救信号，也是向草原鹰发出警告，不要动她的孩子。

草原鹰没理会露西的警告，只见他抖动着翅膀，强有力的爪子向下一伸，随之又向回一缩，就把一只小鹤带到了高空中。

看到自己的孩子被草原鹰抓走了，露西也"嗖"地一声飞上了天空，在后面紧紧追赶。

草原鹰飞行速度要比丹顶鹤快，但他现在爪子上抓着一只拼命挣扎的小鹤，速度自然就慢了许多，没追一会，草原鹰就被露西追上了。此时，愤怒已经让露西失去了理智，只见她一个上跃，就飞到了草原鹰的上方，并挥动着翅膀向着草原鹰扇了过去。

草原鹰心中一惊，长啸一声，随之下降高度，而扇空了的露西，就势收拢了翅膀，一下子落在草原鹰的后背上，草原鹰哪里还飞得动，扑腾着翅膀直直地落到了地上。被草原鹰掳在爪下的小鹤也落在不远处的草丛中。

草原鹰一落地，就和露西打斗起来，草原鹰依仗着敏捷和锋利的喙，撕扯着露西身上的羽毛。而露西则舞动着她那小刀把一样的大嘴，重重地敲击着草原鹰的身体，不长时间，草原鹰身上的羽翎就被折断了好多根。

草原鹰见势不妙，在地上蹦跳了几下，像一溜烟似的向空中逃去，结果迎头撞上火速赶来的鹤爸爸撒奇。

面对敌人，撒奇更是凶猛，只见他将收拢的翅膀猛地打开，借着急速下降的惯性，迎头扇在了草原鹰的脑袋上，只一下，就把草原鹰的脖子击断了，草原鹰随之翻滚着落到了地上。

露西在草丛中找到那只小鹤，只见他全身湿漉漉的，脊背上还被草原鹰的利爪划了一道口子，还在淌着血水。

鹤妈妈难过地垂下头，用脖子把这只小鹤紧紧揽在胸前，一副唯恐失去的样子。

（原载《语文报》2013年第19期）

母爱是伟大的，不光是因为哺育了后代，更重要的是，在危险来临的时候，要与外敌做殊死搏斗。而母爱在此刻爆发出的力量也是无穷的！

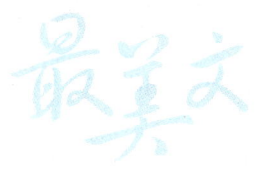

草原激斗

文 / 雨街

在甜蜜的梦乡里,人人都是平等的,但是当太阳升起,生存的斗争重新开始时,人与人之间又是多么的不平等。

——《总统先生》

獴的邻居蝙蝠耳狐已经捕猎归来,他跑在草地上,只发出轻微的、细小的沙啦沙啦声,站在沙棘树上放哨的另一只獴攀着树枝低头向下望着,只见那狐嘴里叼着一只草原犬鼠,绕着树下的阴影跑了过来。就在这时,攀在沙棘树上放哨的那只獴猛地摇晃起树枝,狐爸爸顺着声音抬起头,只见狐妈妈像在草尖上舞动的绸带一样,迅速地向这边跑了过来。

狐妈妈跑来的方向是下风口,她嗅到了敌人的气味,而狐爸爸此时在侧风面,所以他闻不到危险的气味,这就很危险。

正在狐爸爸迟疑的片刻,眼前的草丛突然就像被梳子分开一样,唰唰地向两边倒去,此时狐爸爸终于看清了,像溜冰一样爬来的是一条他从未见过的大蛇。

那蛇头部呈椭圆形,微抬着头,细长分岔的蛇信子从沟牙之中长长地伸出来,像探测器一样左右扫描着,长达五六米的黑褐色身躯碾过草丛,呼呼地向狐爸爸猛扑过来。

狐爸爸知道自己不是眼镜王蛇的对手，但他还是摆开一副决斗的架势，径直向眼镜王蛇扑去。

而獴娜丽莎比狐爸爸的动作更迅捷，只见她猛地向后紧绷嘴角的肌肉，露出厚厚的门牙，身体像划了一条弧线一般，尾巴也像一缕烟在眼镜王蛇的身上拔地而起。只是一口，獴娜丽莎就咬开了眼镜王蛇的肌腱，就是这样，獴娜丽莎还是不肯松口，而是拼命左右摇晃着脑袋，只听"刺啦"一声，一块蛇肉，连骨带皮就被撕咬下来。

眼镜王蛇放弃了对狐妈妈的进攻，反头向獴娜丽莎袭来，而獴娜丽莎的速度比眼镜王蛇更快，在眼镜王蛇袭来之前的百分之一秒，跳到安全的地方，而眼镜王蛇收势不住，竟一头击在自己的尾巴上，随着"咚"的一声巨响，那尾巴应声而断，眼镜王蛇的眼角上也有血流了出来。也许是被自己尾巴上的骨刺刺破了，他像疯了一样甩着已经断了一截的尾巴，一时间草屑乱飞。

獴娜丽莎越战越勇，她身子向后一蹲，前腿平扒在脑袋前面，好像腿要给身子带路一样。

眼镜王蛇左右晃动着脑袋，防御着獴娜丽莎的进攻。果然，獴娜丽莎后蹲的后腿突然发力，一个箭步就迎着眼镜王蛇的颈部扑去，眼镜王蛇不躲不避，迎头向獴娜丽莎撞击过去。

眼镜王蛇的头部就是重重的利器，鸡蛋粗的木棒在他的迎头撞击下都会一断两截，要是撞击在獴娜丽莎身上，非把獴娜丽莎的骨骼击得粉碎不可。

但眼镜蛇王不知道刚才獴娜丽莎的进攻是虚晃一招，她只是身体向前一跃，随之又退了回来，而蛇的重重一击扑了空，直挺的身子就像安了弹簧一样，又硬生生地把蛇头拉了回去。而獴娜丽莎随着眼镜蛇王的收势，身子重新扑了上去，眼镜蛇王再想反击哪里还来得及，只好眼睁睁地看着獴娜丽莎在自己身上又猛咬出一个洞来。

獴娜丽莎左闪右躲地进攻着，眼镜王蛇也一次次把头伸向獴娜丽莎，

想把她一口咬住，但獴娜丽莎躲得很快，眼镜王蛇总是咬不到她，自己的身上反而让獴娜丽莎重重地咬了几口。越是这样，眼镜王蛇越有被戏耍的感觉，就越发狂怒。

眼镜王蛇一次又一次徒劳地出击着，直至筋疲力尽，软软的身子盘成一团，把椭圆形的脑袋保护在最里面，颤抖着，再也没了刚才的凶残之相。獴身上的毛竖着，拖着一缕烟似的大尾巴，绕着眼镜王蛇转着。就在獴娜丽莎寻找着进攻机会之际，攀在沙棘树放哨的那条獴突然摇晃着树枝，发出"咿啊咿啊"的叫声，他是在向獴群发出信号，意思是敌人来了，要小心！

原来是一头母狮子赶了过来，眼镜王蛇此时哪里还有反击之力，他回头张开大嘴，发出"咝咝"的声音恫吓着，但母狮仅一个捕捉动作，分开的四肢就紧紧地踏在了眼镜王蛇的身上。它前爪死死按着蛇头，防止他反咬一口，前曲的后爪则像手术刀一样猛地向后划去，巨大的眼镜王蛇的躯体转眼前就被剖开一条长长的口子。站在沙棘树上放哨的那个獴显然被眼前的情景惊呆了，以至天空中顺势飞来的大斑鹫都没注意到。

只见那大斑鹫翅膀一斜，铁勾一样的利爪扫过草丛，就把在地上翻滚的眼镜王蛇抓了起来，然后两翅迅速向上扇动，就像飞机猛然拔高一样，直直地升到沙棘树的上空，然后松开双爪，眼镜王蛇的身躯翻滚着直直地落下来，重重地砸在沙棘树上。沙棘树的树枝向下一弯，又猛地向上反弹回去，无数沙棘树的树枝像剑一样穿透了眼镜王蛇的躯体，死死地把他钉在了上面。

（原载《意林》（注音版）2013年第8期）

生存是残酷的，只有勇气与智慧并存的人，才会赢得胜利。

物竞天择，适者生存，人类的残酷何尝不是这样！

花儿不介意

文 / 庞启帆编译

培养意志是我们生存的目标。

——爱献生

最近,我去看望了我的老朋友朱莉。朱莉是一个爱花的人,她在后花园里种着各种各样的花,还有一个专门用来培植花草的温室。即便你不是爱花人士,来到朱莉的家里,也会为花朵的鲜艳美丽而感到震惊,想要在那多留恋几分钟。

那天,在与朱莉一起喝过咖啡之后,我照例又要参观她的温室。在温室里,我摸摸几片鲜绿的叶子,又嗅嗅几朵待放的花蕾,觉得自己的身体里也充满了鲜活的力量。突然,我看见了一盆怒放的金丝菊,第一感觉告诉我,这是我见过的最漂亮的花儿。

它被朱莉摆放在温室的一个角落里,我走过去,想仔细欣赏这盆令人激动的花儿。然而,走到金丝菊跟前,我却被另一个景象惊呆了。这株美丽无比的金丝菊竟然是被栽种在一个破烂的、锈迹斑斑的铁桶里。我回过头,责问朱莉:"朱莉,你怎能让这么漂亮的花儿生长在这么一个丑陋的铁桶里呢?"

我看着金丝菊,心里充满惋惜地想,如果是我,我要把这株金丝菊种在最漂亮的花盆里。

"我有各种各样的花盆",她说,"我也知道,这一株金丝菊是所有花中最漂亮的花。但是我想,它是不会介意盛开在这个破铁桶里的。"

在回家的路上,我由朱莉的那番话想起了朱莉本人。朱莉是一个被公认的爱花之人,但她从没想过独享自己辛勤培育的花草。她把许多花草免费送给了学校、教堂、老年人活动中心。她还把自己的大部分收入捐给了当地的孤儿院。

这样的人,你一定想见见她。可如果你真的见到她,你一定会被她的样子吓一跳。朱莉的左脸有一个红色的胎记,从眼角一直延伸到下巴。说实话,这个巨大的胎记有点令人触目惊心,然而,每一个认识朱莉的人都说,她是一个美丽高尚的老人。

一株美丽的花儿不会介意自己生长在一个破陋的花盆里,同样,一颗美丽善良的心灵也不会介意扎根在一个有缺陷的身体内。

(原载《幸福》(悦读)2014年第9期)

不管深陷泥沼,还是处于高楼。环境只能困住躯体,却不能困住心灵。

雨本无声

文 / 程刚

生命如流水，它只有向激流勇进的时候才有意义。

——张闻天

悟远正坐在禅院里思考人生，大师走上前，问他在思考什么？悟远急忙起身，对大师说："师傅，想我以前的生活磕磕绊绊，一点都不顺利，恐怕我这一辈子都可能碌碌无为了，我好伤心啊！"大师听后沉默了一会，看向阴雨的天空。

不一会，大雨倾盆而下，大师带着悟远来到屋檐下，问悟远："徒儿，你知道雨有声音吗？"悟远一笑，对大师说："当然有了，师傅，你听这雨声，噼里啪啦的，多大啊，场面多壮观啊？"

大师笑了，对悟远说："不，徒儿你错了，雨没有声音。""可这声音明明这么大，怎么能没有声音呢？"悟远倔强地反驳。

大师静了静，对他说："雨本无声，可它落下来的时候，砸在了屋檐上，砸在雨棚上，砸在了窗户上……才有了声音，所以，你听到的不是雨声，而是它砸到物体后发出的声音。"悟远一听，红着脸低下了头。

大师顿了一会，对悟远说："雨从天上落下来本无声音，是遭遇了阻拦才反弹出壮观的声音，徒儿，不知你有何悟？"悟远摸着脑袋思考了半天，无法领悟师傅的点拨，忙请师傅指教。

大师一笑，对他说："雨似人生，我们每个人的人生都很平凡，就像雨本来没有声音一样。但当我们人生遭遇了阻拦，碰到挫折的时候，我们的人生就有可能像这雨一样，本来无声却创造出了巨大的声音，所以，你的人生要感谢有挫折。"大师说完看着悟远。

悟远听后，眼前一亮，对大师说："师傅，人生只有遭遇挫折，才会发出掷地有声的生命回响，勇敢地面对挫折，我的人生也会像这雨一样，越来越响亮。"

大师听后，高兴地点头。

（原载《当代青年》（我赢）2013 年第 11 期）

每一次滴落，都像是一次拼搏，一头扎进人海里，跳脱自如；
每一次声响，都像是呐喊，从灵魂深处响起，拼尽全力！

第七辑

低头会看到的美

　　春天从这美丽的花园里走来,就像那爱的精灵无所不在;每一种花草都在大地黝黑的胸膛上,从冬眠的美梦中苏醒……我轻轻吟诵着雪莱的这首诗,感受着春天盎然的气息,心中涌动着阵阵感动和激情。在这个万物复苏的日子,我多想带着对美好生活的向往,去发现美丽、寻找美丽,让春天听见我的心跳啊!

雨季游巴厘岛

文 / 王维新

旅行对我来说,是恢复青春活力的源泉。

——安徒生

2014年元旦的前一天,我和家人来到4700多公里之外的巴厘岛。我们乘坐东方航空公司的MU5105次航班,15:30分从首都国际机场起飞时,北京还是一副满目苍凉的严寒景象,人们穿着臃肿的羽绒服,个个都像棉猴。上了飞机后,有人开始减衣。

我俯在窗口,注视天空的景象。飞机上升到11000多米的高度,天上一片瓦蓝,没有一丝云彩,在飞机之下却是翻滚的云海。大概到了18:00前后,天象发生了奇妙的变化,天边出现一溜绛红色的光束,我以为那就是我们通常所说的晚霞。上边的天还是蓝的,和飞机平行的空间已经变黑了,好像拉上了一层幕布。

22:30分,飞机在登巴萨机场徐徐降落。我发现外面下着大雨,地面湿漉漉的,有些地方形成了水沟,就是听不见声音。

尽管已经是深夜时分,走出机场,仍然感觉热浪滚滚,有一种热浪蒸腾的感觉。旅客们在海关办理通关手续的等待中,纷纷换上了夏装。

地陪是一个中等个的青年男子,微胖,自称25岁,名叫陈永胜,是第四代华侨,他让大伙喊他阿宝。我们刚刚站定,一个当地姑娘就走过来,笑吟吟地给每人脖子上戴上了一个花环。这个花环是用鲜花做成的,花朵有点像牵牛花，但是质地厚一些，有毛绒绒的感觉，颜色呈白色，花蕊是黄色的。阿宝说这叫鸡蛋花，是巴厘岛的岛花，它香气袭人，还有驱蚊、清火的药用功效。

我们一行 27 人，4 个孩子，23 个大人，分两批安排住宿。姓胡的女领队带一拨人，阿宝带一拨人。我们的行李由小型工具车分别拉走，我们被安排坐上中巴车，开始上路。

离开机场后我们向乡村驶去，道路比较狭窄，路况也不好，时不时出现颠簸和摇摆，我有些暗暗地担心。窗外雨还在刷刷地下着，车外黑魆魆的，几乎看不到什么。

阿宝站在车前，弯着腰，面对我们开始讲解。他的中文虽然不是很流利，但是能够听懂。经过他的介绍，我感到非常陌生的巴厘岛在我眼前渐渐清晰了。

巴厘岛是印度尼西亚 13600 多个岛屿中最耀眼的一个岛屿，位于印度洋赤道南方 8 度，爪哇岛东部，岛上东西宽 140 公里，南北相距 80 公里，全岛总面积为 5620 平方公里。地处群岛西端，大致呈不规则菱形，主轴为东西走向。人口约 315 万人。地势东高西低，山脉横贯，有 10 余座火山锥，东部的阿贡火山海拔 3142 米，是全岛最高峰。日照充足，大部分地区年降水量约 1500 毫米，干季约 6 个月。经济发达，人口密度仅次于爪哇，居全国第二位。居民主要是巴厘人，信奉印度教，以庙宇建筑、雕刻、绘画、音乐、纺织、歌舞和风景闻名于世，为世界旅游胜地之一。

车行了好长时间终于停下来了。我们开始下车，走到车门口，有人在地上放了一个小凳子。我们下来后，服务生搭着伞把我们送到房间，虽然语言不通，但是，他们脸上的微笑给我的感觉是憨厚和真诚的。

我们的巴厘岛之旅安排 6 天时间，住宿 4 个晚上。前两晚安排住在别墅度假村，他们称其为菲拉。我们住宿的这栋别墅共有 3 间房，我们住两间，另一对母女住一间。大门是朝南开着的，东边是餐厅和开放式厨房。

打开 2012 的房门，正对着房门是一张大床，左边隔段是一个衣柜和穿

衣镜。再向左有小门，里面是洗手间，还有淋浴蓬头和浴盆。可是，东边的房顶是敞开着的，房子的地上种着芭蕉和其他一些不知名的热带植物，雨水就下到了房里的花草上发出窸窸窣窣的声响。背墙只有两米高左右，给人有一种不安全的感觉。

我一看表已经凌晨一点多了，赶快睡觉。为了防止万一，我用凳子顶住洗手间的房门。躺在床上，虽然非常疲劳，可就是睡不着。我望着房顶，这是木质材料结构，四角插着四个小红灯笼，散发着微弱的黄光。

忽然，我听见洗手间里好似有千军万马奔驰而来，哗哗哗哗由远向近，雨声越来越大。不一会儿，有好像万马奔腾而去，渐行渐远，渐行渐小而去了。如此周而复始了一夜。

天空泛白了，我起来拉开门帘，院子中间有一个游泳池，清澈的池水泛着蓝光。雨还在下着，雨点落在池水中，形成无数个透明的圆泡泡，它们在水面上游曳、诞生、破灭，又诞生。

院子里有几颗鸡蛋花树，雨打树叶啪啪作响。树枝茂盛，树叶碧绿，花香扑鼻。院子里湿润的空气中有一种不曾相遇的清香。这种花树我是第一次看见，感到它很新奇，它的叶子有点像我们中国北方的柿子树叶，就是叶片稍大一点，显得光滑青嫩。它们被雨洗礼后，就像出浴后的新娘一样美丽。

鸡蛋花又叫缅栀子、蛋黄花、印度素馨、大季花，在我国西双版纳以及东南亚一些国家，鸡蛋花被佛教寺院定为"五树六花"之一而被广泛栽植，故又名"庙树"或"塔树"。其树形美观，奇形怪状，全株茎干含有乳汁。

鸡蛋花为夹竹桃科，鸡蛋花属落叶灌木，是热带地区开花最美丽的多肉植物，在热带的地栽高度可以达到 4—5 米，是重要的庭园植物，在北方只能盆栽观赏，通常在 2 米以下。鸡蛋花在温室栽培时冬季会落叶，这是其耐寒性差的表现，但落叶后光秃的树干弯曲自然似盆景，也有很强的观赏性。

早饭是西餐，分餐制，有刀叉，没有筷子。每个餐盘和饮料杯子上都盖着纸片，大概是为了防止苍蝇的侵袭吧。

用完早餐，我们出发了。雨虽然大，行程却不能改变。我们如期来到南湾海滩坐船。

快艇的冲浪让雨水更加疯狂。我坐在船头，雨借风势，来势更猛，尽管我打着伞，衣服还是被淋湿了。雨水、海水、汗水混在一起，怎么也分不清了。同伴们呼喊着，狂笑着，向大海致敬，向雨水挑战。

印度洋白茫茫的一片，白色的浪花在翻滚着，可以隐约看见岸边的花树和停泊在海湾的船舶。大海令人心旷神怡，令人一览无余，令人遐想无穷。

下了船，阿宝说，女同胞们去编辫子吧，免费的，你家里有几个人，就编几条辫子。会水的人去潜水和海底行走，玩一把刺激。我是旱鸭子，只能坐在海边的大排档里观赏风景，我又看到了许多鸡蛋花树，树枝在微微摇曳，花香随着海风飘过来，沁人心脾。

后两晚我们住在五星级酒店里，这里有自己的沙滩和海湾，每个房间都有花园，可以任意游泳。电视信号也不错，只是多数听不懂，只有中文国际和凤凰卫视两个台可以看。

旅游是很累人的事情，难怪有人说，旅游就是在一个地方住久了，感到麻木，没有新奇感了，就到另外一个地方去花钱买罪受。

尽管如此，我在这里还是看到了许多中国人来巴厘岛旅游。

到了逛古达洋人街的时候，阿宝说，这里的产品只看不要买，买了就是三个保证：衣服保证掉色、保证缩水、保证后悔。巴厘岛没有工业，打火机之类的东西都是从中国进口的，在中国买一个打火机几毛钱，在这里要5万印尼盾。

我为阿宝的真诚所感动，走了一路，他没有动员我们买什么东西，只是不断地善意提醒要注意安全，不要丢了东西。我参加过不少的旅行活动，像阿宝这样优秀的导游让我钦佩。

有人说旅游就是上当，上了一当又一当，当当不一样，阿宝改写了导游在我心中的形象。

鸡蛋花是巴厘岛的宝贝，像阿宝这样诚信的服务与巴厘岛的美丽同在，他永远镌刻在我们的记忆中。

最后一天的早晨，我们起床后，发现外面阳光灿烂，走出房间，热浪扑面而来，太阳晒在身上有一种针刺的感觉。本来我想把保暖衣穿好，免得在飞机上换衣服不方便，可是感觉闷热难耐，只好回到房间脱掉。看到天晴了，妻子把外孙的雨衣装进了行李箱。我们吃完饭又乘车上路，要去看海神庙。

路上堵车严重，行进缓慢，只见像蚂蚁一样的摩托在路上黑压压一片，他们飞奔着，就像一股浪潮。快走到海神庙的时候，我突然发现天空上飘来一朵黑云，霎时太阳被云雾遮住了。到了我们下车的时候，倾盆大雨便稀里哗啦地从天空突然而降，雨柱斜插着、交织着扑向地面，顿时脚下水流成河。我们在惊愕之间，一群妇女围上来兜售雨衣，租赁雨伞，大家只好掏钱寻租避雨工具。

石阶地面顿时变得湿滑难行，阿宝不断提醒大家小心。海神庙在风雨飘摇中被海蓝包围了。阿宝说，涨潮的时候，海神庙就到了海中央，退潮的时候，从岸边可以走到海神庙去。大家站在海边，以海神庙为背景，阿宝给大家拍照，尽管雨水连连，大家表情还是笑嘻嘻的。

据说，1至3月份是巴厘岛的雨季，有时候每天要下好几次雨。这里的雨来无踪去无影，下得快，停得也快。难怪我们在岛上没有看见一个人穿皮鞋和袜子，个个是短衣短裤，趿拉着拖鞋。一方水土养一方人，他们已经习惯了这种变幻无常的气候。

雨季游巴厘岛，给我留下了深刻的印象，这是大自然的馈赠。

（原载《家庭文化》2015年第1期）

> 心或者脚步，至少有一个应该在路上。一生应该有很多这样的出行，不为生活，只为修心！

倾听鸟鸣

文 / 再来苏林

久在樊笼里,复得返自然。

——陶渊明

鸟,是大自然里的精灵。我想,没有比鸟鸣更能直接倾听到自然的韵律,没有比鸟鸣更能深切感受到生态的美好了。所以,我喜爱倾听鸟鸣,不论何种鸟,不论在何季。

我的住所周边有山有水,有花有草地,随处都是鸟的乐园,它们与人一样可以诗意地栖居。请听吧,鸟的叫声多么清澈,不需多久,你心间的尘埃就被这鸟鸣拂净了;而你的想象也随着鸟鸣婉转起来,这鸟鸣声好似一串银铃,更像一根青翠的竹笛。

有好几只"扑扑"地拍着翅膀,羽毛灰灰的,那是麻雀,我的家乡管它叫"老家贼",想必是因为它们爱偷吃些谷物吧——多馋嘴的鸟啊!它们虽说长得平平无奇,可生命力却是极强的——一窝可以生出许多只。它们长得小巧可爱,眼睛滴溜溜的,嘴巴又小又尖,灰色的翅膀一展,震动空气的声音却很大,在小河旁,在田野间,往来兜转,又鸣叫在农家院落里。

它们的鸣叫声我不讨厌,我觉得那叫声含着一种朴实的温暖,真切地有如吃到农家地道的小菜一般。转而再听,"喳喳喳喳",忍不住抬头瞧

去,只见是另一种鸟——尾翼翘得好高,人们管它们叫喜鹊,仿佛只要它们一来,好消息就在不远处了——它们就是来报喜的,所以人们就更喜欢它们的叫声,更愿意看到它们的出现。

我觉得鸟与鸟之间的啼鸣充满了神秘性,但我想,这种神秘却正是它们的可爱之处。我记起有一天清晨,我与一位朋友开车前往一个古镇,路过一片村庄,透过车窗可以看见碧油油的稻田边落满了羽色漆黑的小鸟,并且不断有新的鸟儿在向这边飞来,那情形仿佛是场家庭聚会。

我让朋友把车开慢些,并且不要摁喇叭——莫去打扰这些可爱的精灵。朋友也是热爱鸟的人儿,她把车停在了路旁,拿出相机,摇下车窗,对着天空和地面的这群鸟一阵取影。鸟儿们起初有些慌乱,但见我们无甚恶意,便自行其是起来。过了一会儿,它们慢慢地都飞远了——向着不同的方向飞去。

这就是它们神秘的地方——仅仅是一段简短的鸣叫,就很快清楚彼此的信息。而这场聚会是它们偶然的相遇还是早有筹划的布局呢?这种鸟在苏南似乎并不常见,模样颇似喜鹊,只是身形较小,但动作敏捷。

对于喜爱游玩的人来说,遇见鸟更是常见的事情。而我,若是游玩中遇不到鸟,听不到它们的鸣叫,会觉得这场旅行不够完整。我还记得零九年四月在苏州阳澄湖边的情景,在沿着湖岸游走时,看见树上的花叶正在和春风彼此嬉戏,湖水中的苇草也摇曳出一圈圈涟漪,而离我较远些的圈圈涟漪,我认为那不是苇草荡出来的,那是鸟儿们鸣叫的韵律。

有两三只的,有一群群的,飞过湖面,但它们都是悠然的,所以鸣叫的声音也充满了安逸。水面的波纹也是温柔和缓的,这样的鸟鸣,使得湖水更加富于生机,更使得游人一次次把目光都投向湖面了。

我仍记得,那次我沿着湖岸走了好远,岸边的风光自是换了又换,可不换的依然是那些鸟鸣。只不过,那些鸟儿的叫声忽远忽近,忽强忽弱罢了。那应该是种喜食小鱼的水鸟,春季也是它们繁衍的旺季,它们的色彩在阳光照耀下显得光亮艳丽。这种鸟的鸣叫不一定多么动听，可我仍然就记住了它们的鸣叫——有时稠，有时稀。

我喜欢倾听鸟鸣，这似乎是经年的事了。尤其是回到自然腹地的时候，那里的鸟鸣让一个人看见自己内心的纯粹，自然与人是和谐一体的。

当你看到那些弯曲的河滩、那些淙淙的溪流，那些水中与岸边杂错生长的水草、那些知名的不知名的、芳香的与无香的花朵、那些鱼虫、那些挂着露珠播出小鸟歌声的树木、那些田野间吃草的牛马、躬耕的农人的时候，你会觉得一种归属感的腾生，这是对自然美的崇敬。而这时的鸟鸣，似乎是这幅美妙图画里交织起来的锦线，或明或暗，远近适中。

我喜欢倾听鸟鸣，亲爱的你，请一起来倾听吧！

（原载《语文周报》2014年第8期）

听惯了城市的喧嚣，耳朵开始有劳累的感觉。抽空倾听自然的声音，会让灵魂清净无比！

低头会看到的美

文 / 范文超

美是到处都有的。对于我们的眼睛，不是缺少美，而是缺少发现。

——罗丹

抬头会看到一些美，比如浩渺苍穹、蔚蓝天空、星月满天，平视会看到一些美，比如远方山峦、湖风拂柳、河畔浣女，而还有很多美会在我们低头时呈现。

低头会看到水的清幽。这水可以大至江河湖海，小到山泉溪流，也许我们平视时也可以看到它们的清幽，可这时我们看到的美和低头时看到的不一样。当我们泛舟湖上或静坐河畔，此时的水我们自然希望它是清澈见底的，有鱼翔浅底，有虾虫浮动，有圆润的鹅卵石。此时，若再有阳光暖照身上，暖风拍拍周身，我们是不是很想唱歌呢？而这些美，是我们必须低头才会看到的，唯有低头才会看得真切、看得纯粹、看得全面。如果水流条件允许，我们大可以下水游泳或者潜水，那我们看到的水的清幽无疑更为直观更为震撼。

我仍记得二十余年前，我在老家的大河里游泳，我在水中滑动着，那水很清很稳，我在水中睁开了眼睛，那是我的周身与水最为亲密的接触。可以想象我的眼睛经历的是如何美的旅程，远离城市的山野没有任何污染，这些水来自天空、来自山间、来自地下，一起汇成了这条大河，滋养了家乡的万物，也滋养了我这双眼睛。

低头会闻到花的芬芳。当我们来到一片花树面前，当我们来到一座花园中间，是的，似乎不必多么用心地去主动呼吸那些花朵，花香的因子自会主动跑到我们身上来。而我想说的是，这些花香是主动的、调皮的、活泼的，她们跳出花瓣花蕊，飞舞在她们能够飞到的空间里，而恰巧被我们的鼻子捕捉到了。

而更多的花朵是在低处的，她们是幽幽的，不张扬的，我们唯有弯下腰或者蹲下身来，才能够细致看到她们的形态、闻到她们的芬芳。这些花既可以是培养在温室花棚里的高贵花种，也可以是有意栽种在田间地头、桥下河畔、原野山谷的那些或知名或无名的山野小花，她们的姹紫嫣红是那么自我又那么任性，那是花儿们最原始最本真的模样。

夏天的时候，有一种花开得极其旺盛，她的颜色可以用火红来形容，奇异的是她花蕊的形状是一根根的，并且每一根都可以拔下来吸，有蜜水一样的甜汁从管里流出。这种花在东北的乡下分布极广，我和小伙伴们曾在小学的花圃里、乡道的道路边采食，每一次吸虽然只有一点点甜汁，但那种甜是泛着花香的，直入心入肺。

低头会看到草的碧绿。这草自然是春夏时节的草，绿油油的，碧绿绿的，且不说那一望无际的草原的草，只说这山野间的、田垄间的，草的颜色也是那么任性地绿着，绿到视野里，绿到心坎间。草的绿是她们的漂亮裙子，她们更为出名的是她们坚韧的性格，是她们对自由的向往。比如她们对自己的栖息地是毫不选择的，可以在废弃的土屋顶，天台上，可以在湿润或干涸的水流里，河岸边，更可以在沙石断崖上。此时的草是最顽强的生命，可以弯曲着身子斜斜地长出，任头顶的顽石如何巨大，都不能阻挡其奔向阳光的渴望。

方如此，草的碧绿便更加惹人眼了，那是穿越了任何艰难险阻后生

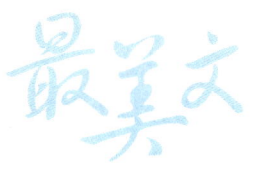

命的壮美，虽然我们是以低头的姿势俯瞰，而拥有的心态当是以仰视的尊重。最动人的草当是挂着晨露的，露珠晶莹剔透，如珍珠，像钻石，圆溜溜的，身上有颗明亮的太阳。露珠挂在草叶间，或者躺在草的怀里。此时的草无疑又是极为碧绿的，而这样的绿你不低头会看得透彻吗？

低头还会看到土的厚重。土在这里是土壤，是大地，是与人类繁衍生息最息息相关的要素。我们所有人都离不开土，土会生长出粮食、树木、花草，大地上的万物都要附着在土的身体上，从土的底层汲取水源、汲取能量、汲取生存所需要的一切养分。这些土可以是黑的、黄的、红的，甚至更多绮丽色，可以是肥沃的、贫瘠的，甚至带有沙石的，但她们都能够承载孕育生命，都能够展现无数种姿态的生命景象。

宇宙的浩渺高远永远是那么神奇，但我们最踏实最安全的举动仍是站在大地上，或者躺在草地上，或者坐在邻居的院墙上，和小伙伴一起数天上的云朵，看飞过的飞机划出的白线，或是在星月满天的夜里赏月、数星星，天真地对滑过的流星许下心愿。那虔诚劲儿恰如宗教信徒，此时的我们对星月存有敬畏，宇宙有着我们所没有的超能量。

而这一切的美妙愿景的呈现，都离不开我们身下的大地，她才是我们最大的力量源泉，最忠实的依靠。每一次踩在乡野田间的土上，我都愿意俯身去握握那些土块，去感知她们身体的温度，抑或躺下身来，听听大地脉搏的律动，我也便拥有了最接地气的时刻。

（原载《语文报》2014年第35期）

生活中不是缺少美，而是缺少发现美的眼睛。放慢脚步，去认真发现，细细品味。生活就像是一杯醇厚的酒，需要慢慢品尝。

桉树供水的启示

文 / 程骏驰

> 劳动者的组织性、纪律性、坚毅精神以及同全世界劳动者的团结一致,是取得最后胜利的保证。
>
> ——列宁

杏仁桉是植物界的高个子,它的身高一般在 100 米以上,据记载,世界最高的一株达 156 米,相当于 50 层楼房那么高。

众所周知,植物自身的供水如平时居住在楼房中的人类一样,必须靠一种强大的压力把水推向高处,住得越高需要的压力就越大。杏仁桉的最低高度有 100 米,树身压力能将水压到最顶端吗?

经研究考证,杏仁桉自身压力只能将水压到树高的一半,往上再无压力,这就预示着,杏仁桉中部以上得不到水分补充。可现实情况却是,它中部以上郁郁葱葱、非常茂盛,那么,供给水分从哪里来呢?这源于杏仁桉自有一套输导水分的妙法。

这种方法,是靠叶子的合力把水"拉"上来的,而这种拉力远大于根部的压力。杏仁桉叶子有蒸腾作用,水分从叶表面的气孔散失到空气中后,叶肉细胞会向旁边的"同伴"要水,"同伴"的水分分给它以后,自身的水分便不够,于是,它再向旁边的叶肉细胞要水……

就这样,叶肉细胞通过吸水的力量,把这个接力棒一棒一棒地传递

下去，最终传递到靠近树干的那片叶子，而此时，这片叶子正好在树干的水压边上，水源丰富，它自然就会从树干中得到充足水分供给向它要水的"同伴"……

杏仁桉靠着叶肉细胞，手拉手传递力量，一环套一环，最终实现了最顶端叶片的供水。这种补水方式也给我们人类提供了很有意义的借鉴，它告诉我们，只要懂得团结一致、紧密配合，不抛弃、不放弃，最终我们就会战胜各种困难取得成功。

(原载《意林》（作文素材）2014年第8期)

自从有了人类开始，团结之花就处处开遍。从石器时代再到农耕时代，人类一次次文明与进步，都是团结结出的果实！

戴龙鼠与叽喳鸟

文 / 薄陨

有志者事竟成，破釜沉舟，百二秦关终属楚。

——蒲松龄

乌拉圭草原上有一种鼠叫戴龙鼠，这种鼠群居，每个群落固定七只。随着时间的推移，鼠群不断繁殖，群落数量会发生变化，当数量超出七只的时候，它们内部便会产生争斗，其中一只会成为群起攻之的对象，这也预示着它将被清除出这个队伍。

被清除后的戴龙鼠，生命状态完全发生了变化，找到一个废弃的洞穴，不再像以前那样每天辛勤地觅食，而是到处偷食，偷到东西就吃一些，偷不到就守在洞口处凄惨地叫嚷，直到有一天死去。虽然大部分被清除的戴龙鼠命运如此，但也有通过自己的勤快加入缺鼠的群落，也有自动地凑在一起组成新的群落而重新开始生活的。

巴西大草原上有一种叽喳鸟，顾名思义，它时常会发出叽叽喳喳的叫声。这种鸟不会飞，像小鸡一样只能在陆地上行走。叽喳鸟的巢经常遭袭，或是被突如其来的洪水冲走，或是遭遇红狐而被袭击得支离破碎⋯⋯

它的窝一般不会用到两个月，虽然遭受如此不幸，但叽喳鸟似乎天生有一种韧劲，窝被破坏一次，它便会重新再建一次，而且每次重新筑巢都在提升效率。长此以往，它筑巢的功夫大长，就算巢被破坏也没事，因

为，它们完全有能力在四个小时以内重新选址再建一个新家。

　　大部分被清除的戴龙鼠本可以重新开始生活，可它没有做到；叽喳鸟的家屡遭破坏，却在坚持中锤炼出更强的生存本领。一位哲人曾经说过："自暴自弃便是命运的奴隶，自强不息才是生命的天使。"戴龙鼠和叽喳鸟谁是奴隶谁是天使一目了然，它们是不是可以为我们的生活提供许多借鉴呢？

（原载《幸福》（悦读）2015 年第 2 期）

　　经常退缩，就会形成习惯，只有自强不自才能无往不胜。

没有私心的吊床鸟

文 / 程刚

  一切使人团结的是善与美,一切使人分裂的是恶与丑。

——列夫·托尔斯泰

  南美哥伦比亚佛朗卡斯特森林中有一种小鸟,它不像其他鸟儿那样在树上筑巢,而是喜欢以群体搭建一座吊床的方式休息,因此,当地人管这种鸟叫吊床鸟。

  吊床鸟像麻雀一般大小,嘴部有弯弯的钩子,尾巴末端是一个小圆环。每到晚上,它们便成群结队地栖居一起,先找到适于搭床的树,一列列排好队。第一排吊床鸟最多,它们先将自己尾巴上的圆环套在树丫杈上,然后,用嘴勾住第二排小鸟尾巴上的圆环,第二排小鸟再用嘴勾住第三排尾巴上的圆环……

  就这样,一排又一排小鸟连环勾套,直到最后一排小鸟嘴勾住另一个丫杈为止,吊床就搭建成功了。吊床一般长度有三米多,宽有二米。当吊床搭好以后,许多吊床鸟便躺在床上安然地休息。

  有人不禁要问,这么大的一张吊床,至少需要近百只小鸟搭建,然后其他吊床鸟才能到床上休息。是不是它们群体中有专门搭床的鸟呢?答案是否定的。

原来，吊床鸟搭床前，首先有一只要大声鸣叫，此后不断有鸟聚集过来开始搭床，它们不分雌雄，不分老幼，谁先到，谁先搭，碰上哪个群，就在哪个群搭，等所有的床搭好后，没有参与搭床的鸟便随意在一个床上休息。等到第二天，依然是这样，谁先到谁先搭，所以，所有鸟都有可能参与搭床，又都有可能在床上休息，没有完全坐享其成的，也没有完全卖苦力的。

吊床鸟为何搭床睡觉至今没有科学定论，但它们谁来得早谁搭床，谁来得晚谁休息的共存模式确实值得人类思考。许多时候我们共处一个环境里，因为私心，总是为一些利益争来争去，吊床鸟共生模式是不是值得我们学习借鉴呢？

（原载《语文报》2013年第22期）

这世间最伟大的力量，莫过于团结的力量。许多的个体聚集在一起，为了同一个目的一起出力，我们是不是应该从这些生灵身上学些什么？

生如樱花

文 / 飞龙在天

善于等待的人，一切都会及时来到。

——巴尔扎克

樱花怒放的时节，未见其花，便闻其香，那是从远处随风飘送来的幽香，弥漫在空气中，沁人心脾，像溢满酒杯的陈酿。遥看漫漫的樱花，白的像雪，粉的像霞，煞是妖娆。

近观之，映入眼帘的一树树樱花，带着晶莹欲滴的露水，在晨曦中展现娇美，宛若偷下凡尘的仙子。置身在樱花丛中，仿佛来到了人间仙境，如梦似幻。

多少游人只因惊羡它的美丽，如潮水一般涌来，一睹樱花的容颜，以至流连忘返。

然而，有谁知道，看似柔弱的樱花，却有一颗坚韧的心！为了梦想，它学会了等待，默默地承受着漫长严冬的考验和不被人知的心灵的煎熬……

在与命运的博弈中，生存的经验告诉它：欲速则不达，很多事情并非是它主观所能掌控的，也要讲究机缘，就像日本有句谚语说的那样，"樱花不到季节是不会开的"。

现在，樱花终于等到了这一天，那满枝累累的花朵，就是它追逐

的梦!

那么,渴望成功的我们,难道不应该像樱花那样吗?在执著地追逐梦想的时候,必须学会等待,因为等待也是一种智慧,等待也是一种谋略,等待也是一种心态。在经历了由量变到质变的这一过程,我们的生命也会怒放,亦如樱花一般绚烂!

(原载《语文周报》2013年第11期)

等待一个人,等待一份情,等待一个机会,等待成功。等待不是消极,更不是被动,而是出于对结果的原始渴望和尊重。